CAVALOS DO AMANHECER
seguido de
A CIDADE SILENCIOSA

MARIO ARREGUI

CAVALOS DO AMANHECER
seguido de
A CIDADE SILENCIOSA

Tradução de Sérgio Faraco

Texto de acordo com a nova ortografia.

Títulos originais: *Cuentos de Mario Arregui*
Tradução: Sérgio Faraco

Capa: Ivan Pinheiro Machado. *Foto*: iStock
Revisão: Nanashara Behle

CIP-Brasil. Catalogação na publicação
Sindicato Nacional dos Editores de Livros, RJ

A799c

    Arregui, Mario, 1917-1985
        Cavalos do amanhecer; A cidade silenciosa / Mario Arregui; tradução Sérgio Faraco. – 1. ed. – Porto Alegre [RS]: L&PM, 2022.
    184 p. ; 21 cm.

    Tradução de: *Cuentos de Mario Arregui*
    ISBN 978-65-5666-289-3.

    1. Contos uruguaios. I. Faraco, Sérgio. II. Título: Cidade silenciosa. III. Título.

22-79668   CDD: 868.99395
                              CDU: 82-34(899)

Gabriela Faray Ferreira Lopes - Bibliotecária - CRB-7/6643

© sucessão de Mario Arregui, 2022

Todos os direitos desta edição reservados a L&PM Editores
Rua Comendador Coruja, 314, loja 9 – Floresta – 90.220-180
Porto Alegre – RS – Brasil / Fone: 51.3225.5777

Pedidos & Depto. comercial: vendas@lpm.com.br
Fale conosco: info@lpm.com.br
www.lpm.com.br

Impresso no Brasil
Primavera de 2022

Sumário

Cavalos do amanhecer
Noite de São João 9
O regresso de Ranulfo González 17
Os contrabandistas 25
Três homens 39
Cavalos do amanhecer 50
Diego Alonso 62
Lua de outubro 75
A vassoura da bruxa 91
Os ladrões 101

A cidade silenciosa
A mulher adormecida 115
Os olhos da figueira 119
O vento do Sul 127
O gato 132
A casa de pedras 138
Formas da fumaça 142
O Diabo não dorme 146
Hemisfério de sombra 152
A companheira 162
Um velho homem 168
O canto das sereias 172
A cidade silenciosa 176

Nota biográfica 180

CAVALOS DO AMANHECER

Noite de São João

Depois de muitos dias consumidos em tropeadas por campos e caminhos onde o outono semeava suas mil mortes, regressava Francisco Reyes ao povoado. Era um entardecer límpido e alto como a espada vitoriosa de um anjo, e cem fogueiras anunciavam o nascimento da noite de São João. Os cascos do cavalo golpeavam sonora e compassadamente a branca carreteira, e Reyes abria com avidez os olhos para os cordiais fogos dos homens e o balbuciar das primeiras estrelas. Seu peito também se abria e se dilatava para antigas ternuras, recordações ainda palpitantes que o alcançavam desde o sítio onde se esconde a infância. Seu coração disparava como o de um menino.

Na última coxilha sofreou o animal e se ergueu nos estribos. Quietas fileiras de lampiões e esparramadas luzes que se levantavam como pálpebras na crescente conjuração das sombras, o povoado se preparava para transportar um punhado de homens e mulheres, pelos remansos da noite, até a praia vítrea e baldia da madrugada. Pensou na sua mãe, nos irmãos, serenos rostos sorridentes entre os quais encontraria uma realidade sua, densa e compacta como a de um metal. Pensou em Carmen, a prostituta amiga, cuja carne morena devorava um carinho com maciez de fruta (seu corpo memorioso a desejava com uma certeza semelhante à sede). Pensou nos parceiros de incontáveis noites de canha e violão. Com uma ligeira inclinação do corpo convidou o cavalo a galopear.

Horas mais tarde, com passos que de algum modo residiam em sua memória, pôs-se a caminho da rua dos prostíbulos. Pouco antes de chegar topou com uma grande fogueira crepitante, encabritada ao pé de um muro a que haviam coroado – inútil crueldade – com refulgentes vidros partidos. As altas chamas mordiam o ar anoitecido, as chamas baixas se retorciam sobre a lenha imolada. Dispostos em semicírculo, seis ou sete moleques a vigiavam e alimentavam, silenciosos, sérios, quase sacerdotais. Aproximou-se, sorrindo, fez um palheiro e o acendeu nas brasas. Distribuiu fumo entre os guris, que o fitavam com respeito e admiração. Juntou na sarjeta um punhado de folhas secas e as lançou ao fogo.

Retomando o caminho, dobrou à direita e avançou pelo meio da rua arenosa e esburacada, até quase a metade da quadra onde exerciam seu ofício as *mulheres da vida*. Deteve-se, olhando o céu, a noite jovem que se estabelecia no mundo. Ouviu murmúrios numa varanda escura, distraiu-se respirando o ar frio com cheiro de fumo e casas velhas. Andou um pouco mais e enveredou por um corredor entre as casas. Bateu com o punho numa porta. A voz esperada perguntou:

– Quem é?
– Eu, Francisco Reyes.
– Já vai.

Aguardou o ruído do trinco, empurrou a porta e entrou.

Quando saiu, por volta da meia-noite, viu que a fogueira da esquina estava menor, mas, alta ainda, briosa, seguia mordendo a sombra e fazendo cintilar os perversos vidros do muro. Sorriu novamente, embora com certa tristeza langorosa e final: algo em seu íntimo mergulhava numa morte invasora, prematura e amarga. Permaneceu imóvel no meio das duas ruas, enclausurado pelo cone luminoso do lampião. Além da lassidão e do desânimo que costumam seguir-se às intensidades da carne, crescia nele uma insatisfação pungente e decididamente hostil, como se impulsos não animais que nele habitassem (e vivessem ocultos em sua carne, parasitariamente) estivessem se alçando, rebeldes, exasperados e cegos, sobre a prostração do desejo animal esgotado. Em sua alma nasciam ansiedades sem destino e despertavam apetites já condenados à frustração. E se rompiam equilíbrios, inauguravam-se estraçalhamentos. Sentiu que precisava do álcool para defender-se, para emergir da angústia que já lhe dava um nó na garganta. Entrou num bar e pediu canha.

Quando cantaram os primeiros galos ele estava embriagado. Quase sempre a satisfação sexual e a embriaguez lhe dotavam de uma euforia sem peias, livre, que sobrepunha ao seu minucioso *eu* habitual, exaustivamente lúcido, estruturalmente comprometido e organizado, outro mais leve e purificado: um *eu* neblinoso, comparável em muitos aspectos ao dos entressonhos, desenhado, com traços nítidos e fugidios ao mesmo tempo, sobre o mais permanente que reconhecia possuir. Mas nada havia acontecido que prenunciasse a costumeira euforia. Ao contrário, surpreendia-se tomado por uma funda tristeza, como desunido e cheio de gretas amargas, amassado pela angústia. Em vez de levitar na liberdade amiga, tinha descido a um subsolo sombrio, viscoso e tenaz. E sua alma, como perdida de si mesma, debatia-se em vão e se buscava às tontas. Por um instante pensou em continuar bebendo até a inconsciência, mas logo afastou o copo. Mais de hora esteve a fumar, acotovelado na mesa, cara fechada e meio escondida, sem beber ou falar. Depois, sem dar ouvidos aos que o instavam a ficar, levantou-se e saiu.

Caminhava rente a uma parede carcomida pelo tempo e pelas chuvas, o chapéu caído nos olhos e um cigarro pendurado na boca, quando uma sombra apenas perceptível se moveu na obscuridade do arco em ruínas e sem porta que servia de entrada a um prostíbulo. Um suave adejo de esperança em seu peito e ele parou, empurrando o chapéu para trás. Ouviu uma voz de menina:

– Me dá o fogo.

– Não, te dou o fósforo, assim vejo teu rosto.

Acendeu e ofereceu a chama, protegendo-a do fraco vento com a concha da mão. A escuridão entregou-lhe um rosto jovem, ligeiramente selvagem e felino, de altos pômulos, testa baixa, boca grande e rasgada, olhos pequenos que piscavam por causa da luz. O cabelo, que parecia negro, profuso e desordenado, permaneceu nos limites da sombra, prisioneiro da noite. O rosto se inclinou para o lume em atitude sedenta.

Reyes afastou o braço e aspirou, olhos semicerrados, o cheiro do perfume barato e do fumo amarelo. Olhou de novo a mulher. Debaixo da capa clara e já muito usada ele adivinhou um corpo delgado, branco, tremendo e eriçado de frio. Manteve o fósforo aceso até queimar os dedos.

– Não te conhecia. És nova?

– Faz um mês que estou aqui.

– De onde és?

– Daqui mesmo.

Lascou outro fósforo e tornou a fitá-la. Ela sorriu, mostrando dentes pequenos, parelhos e aguçados. O sorriso, embora fugaz e apenas muscular, traçou e deixou em seu rosto a forma real de um aconchego ilusório. Francisco Reyes queimou de novo os dedos.

– Não te conhecia – repetiu. – Como é teu nome?

– Ofélia.
– Tu és linda.
– Questão de gosto.
– Tu és linda – insistiu, como com raiva.

Fez-se silêncio, um silêncio vivo e pesado que os envolveu, aproximando-os, empurrando-os para um ponto de convergência que ele mesmo criara. Reyes fumava mecanicamente, as pernas um pouco abertas, o busto inclinado para a frente, o olhar na escuridão e na tênue sombra gris. A mulher, com frio, cruzava os braços, e a brasa do cigarro vez por outra abria uma frouxa claridade ao seu redor. Já declinava aquela noite de São João, cobrindo-os com seu imenso poncho negro.

Com ansiedade na voz agora mais adulta, ela quis saber:
– Não vais entrar?

Ele demorou a responder:
– Sim, pra te acompanhar um pouco, nada mais.

Fez uma pausa e acrescentou, como forçado:
– Vou te pagar, é claro.

Acendeu mais um fósforo e a seguiu por um corredor de lajotas desparelhas e paredes com manchas antigas de umidade. Ao fundo, entraram numa peça pequenina, apertada como um calabouço, iluminada por uma lamparina pendurada no teto. Havia ali uma velha cama de ferro, um roupeiro com espelho descascado, uma mesa e duas cadeiras, um dominador crucifixo, rabiscos indecifráveis nas paredes... Apesar do ar úmido e frio, do descascado espelho e dos fragmentos de mortes alheias que pareciam povoá-la, aquela pecinha penumbrosa, na sua pobre nudez suja de vida, possuía uma intimidade agridoce que aconchegava tanto quanto aconchega um lugar onde se foi feliz.

Reyes largou o chapéu na mesa e apagou cuidadosamente o cigarro num cinzeiro de vidro, enfeitado com um pueril cava-

linho de metal. A mulher atirou o cigarro no corredor, fechou a porta e, respondendo a uma pergunta que ele não fizera, disse:
— Não sei o que há comigo. Tinha frio e não conseguia dormir. Estava sozinha, pensando coisas, e resolvi me levantar. As outras já foram dormir. Me deu vontade de caminhar...
Tirou a capa, a saia e os sapatos, conservando a blusa e a saia de baixo. Deitou-se de costas, com as pernas juntas e os joelhos erguidos. A horizontalidade restituiu-lhe uma velha densidade doce e terrestre.
Em pé, ele a olhava com olhos ainda vidrados pelo álcool. Seu rosto de homem jovem, curtido de sol, de ventos, fracionado em duros ângulos pela débil claridade vertical da lamparina, estava tenso, como enjaulado numa contração exasperada, dolorosa, um rosto à espreita que não chegava a denotar um desejo sexual.
— Vem deitar — ela chamou.
— Já vou — respondeu, surpreso, como regressando de um país onde não existisse a voz humana.
Tirou o casaco, as botas, deitou-se ao lado da mulher. Beijou-a no pescoço, na face, nos olhos, e afundou o rosto nos cabelos espalhados sobre o travesseiro. Quisera dormir ali um sono longo, profundo e total, mergulhar numa união cega e na paz das profundezas, apertando-se contra aquele corpo desperto e oferecido. Mas a fome ímpar que acode e serve às espécies o atormentava, obrigando-o a buscar comunicações com o vasto mundo oposto e secreto, encerrado naquela pele de mulher.
Apoiou-se nos cotovelos e olhou pesadamente o rosto meio selvagem e felino, que se aproximava ou se distanciava conforme as sutis vacilações do sorriso indeciso. Ergueu a mão direita e a baixou lenta e plana sobre aquele rosto, buscando-lhe o contorno dos ossos. Com a ponta dos dedos acariciou a testa

baixa e oblíqua, o arco do supercílio, o fio angular da mandíbula, a dureza acentuada dos pômulos. E logo procurou de novo aqueles cabelos que cheiravam a umidade e a sonho. Sentia que o tumulto de sua alma se tornava mais simples e coerente, como se as ansiedades e as apetências se liquefizessem num único, largo e perdido rio central. Mas esse rio, espesso rio sem leito, do qual a angústia se desprendia como um rumor de sílabas caóticas, não remanseava nem desembocava: parecia multiplicar sua potência e sua desorientação na mesma proporção da carga.

E Francisco Reyes levantou o rosto daqueles cabelos que cheiravam a sonho, a noite, e abraçou a mulher. Fechou com força os olhos e se apertou contra o corpo dela. A mulher tentou falar, ele tapou-lhe a boca com o ombro, e ela, compreendendo, girou até ficar de lado e também o abraçou estreitamente, em silêncio. Longos minutos ficaram assim, como dois náufragos arrojados pelo destino na concavidade de uma mesma onda. Mas a fome ímpar continuava insaciável e o rio espesso crescia sem remansear ou desembocar.

Reyes evadiu-se do abraço e procurou os seios. A mulher o auxiliou, desabotoando a descolorida blusa de lã vermelha. Logo surgiram entre as roupas, já cansados e com peso próprio, pequenos seios tão claros que pareciam iluminados por outra lâmpada mais forte. Ele os beijou com um furor contido e os apertou sôfrega e demoradamente com as mãos e com o rosto.

– Tô com frio – queixou-se a mulher.

Ele abotoou a blusa dela, depois ajoelhou-se para acariciar-lhe as coxas, elásticas e eriçadas. Ergueu-lhe a saia, acariciou a ligeira curva do ventre, a suave depressão do centro. Olhou o triângulo escuro do sexo, que adivinhava fundo, noturnal, infinito... e tíbio e terno e estremecido como um pássaro. E pôs a mão ali.

– Tô com frio – repetiu a mulher.

Cobriu-a com o corpo. Ela começou a separar as pernas, ele a deteve:

– Não, isso não.

Transcorreram lentos, puros minutos. A união cega e a paz mantiveram-se à distância, inatingíveis, mas o rio remanseava numa calma muito semelhante, talvez, a um desejo de morrer, a uma preparação da morte. Arrefecido o tumulto, sua alma recolhia-se a si mesma. Esperou.

– Vou embora – disse, por fim.

Com grande esforço deixou-se cair de lado. Sentou-se na beira da cama e começou a calçar as botas. A mulher se vestiu rapidamente.

– Volto outro dia – mentiu Reyes, já no arco em ruínas e sem porta que servia de entrada ao prostíbulo.

– Até lá, então.

– Sim, até lá.

Ao passar perto do muro dos vidros quebrados, Francisco Reyes lembrou-se da fogueira. Procurou as cinzas e bateu nelas com o pé. Apareceram umas quantas brasas. Com a sola da bota esmagou-as uma a uma, rancorosamente, enquanto a aurora manchava o céu e cem galos dispersos anunciavam a morte da noite de São João.

O regresso de
Ranulfo González

Numa das batalhas ou entreveros de nossas guerras civis, um homem chamado Ranulfo González tombou ferido a bala. Seu bando, ocasionalmente, era o derrotado, e nosso homem, temendo a degola, fingiu-se de morto e lá ficou, debaixo do sol e do mosqueiro da tarde, ao lado dos mortos de verdade. As dores eram toleráveis, mas a sede o torturava. Não moveu nem as pestanas quando o revistaram e tomaram-lhe o cinto, as botas, as armas. Decerto nem medo sentiu – o medo é uma coisa que quase sempre vem depois. Com o canto dos olhos pôde ver que levavam seu mouro encilhado e desnucavam seu cãozinho oveiro com um mangaço. O entardecer pareceu-lhe sem fim, como se algo ou alguém, por desfastio, estivesse a segurar o sol. À noite, que por sorte era de lua, ergueu-se entre os mortos e, a duras penas, andou até o arroio próximo. De madrugada, arrastando-se, chegou à estância de um vasco muito gordo, generoso e notoriamente rústico.

Esse vasco (também conhecido por seu costume de devorar, de manhã cedo, uma panela de canjica com leite) declarava-se neutro e dizia sem mentir: "Em rinha de galo e briga de orientais eu não me meto". Mas secretamente simpatizava, e muito, com a facção a cujo serviço Ranulfo rebentara os cascos de seu cavalo em semanas de andanças e combatera durante uma manhã. Vendo o ferido, ocultou-o numa das habitações reservadas às mulheres. Depois de alimentá-lo a capricho por um par de dias, anestesiou-o com um litro de aguardente de La Habana e, com uma agulha de colchão, *chamou* dois dos três chumbos alojados em seus quadris. E foi curando-o pouco a pouco, com a ajuda de uma china de poucas e firmes carnes e movimentos de macho, e com emplastros de uma erva chamada *carniceira*. Ao cabo de mais ou menos cinco meses, e apesar da bala encravada, Ranulfo caminhava sem dificuldade. Com mais ou menos sete meses podia montar o petiço piqueteiro em volteios curtos e já fazia quatro que dormia com a china de corpo justo, que andava como um homem, trabalhava por dois e, na cama, valia por três mulheres ("É igual a égua de colmilho"*, admirava-se Ranulfo). Entrementes, um daqueles acordos de cavalheiros que nunca são cumpridos tinha dado à guerra um ponto final, que não valia mais do que um ponto e vírgula.

 Ranulfo não se esquecia de sua mulher e dos filhos (dois machinhos pequenos), mas tampouco se resolvia a abandonar os domínios do devorador de canjica. Vivia com o sossegado deslumbramento daquilo que era, um convalescente, e dias de um tempo liso e sem numeração – esse tempo de estância em que se vê o crescimento dos cinamomos no cercado e que transforma um terneiro mamão em novilho adulto. Suas noites alternavam horas de sono profundo com tempestades de fêmea, e seguidamente seus preguiçosos despertares acusavam os estragos daquele que, segundo o dito camponês, é o único animal

---

* Colmilho: o dente canino. Os cavalos os possuem, as éguas não. Excepcionalmente, aparecem éguas com colmilhos, isto é, com características e temperamento masculinos, e diz-se que, em regra, são mais esforçadas e valentes do que os machos. (N.T.)

com pelo, fora o porco, que come deitado. Pensava, sim, em voltar para a família, mas do mesmo jeito que, no tempo de piá, pensava em fazer certas coisas quando fosse um homem. Não que estivesse por demais aquerenciado àquele paraíso vasconço ou que o amarrassem a mágicas estacas os pentelhos da china amachorrada (dizem os entendidos que um só pentelho de mulher pode segurar sete juntas de bois). Ocorria, simplesmente, que o casario onde levantara seu rancho distava muitas jornadas de trote e galope, que não tinha cavalo nem arreios e nem jeito de logo consegui-los, que era homem sem pressa e, enfim, daqueles que herdavam da alma gaúcha a sabedoria de não se embretar em problemas sem saída.

Quando sentiu-se apto, propôs ao vasco que o contratasse como peão até poder ressarcir-lhe os gastos e juntar a quantia necessária para comprar arreios e um bagual. "*Bueno*, sim, sim", aceitou prontamente o vasco. Fixou-lhe um ordenado rabão, de negro *chico*, recomendando que começasse com trabalhos leves e não se preocupasse, pois lhe daria de presente um bagual, a faca que lhe emprestara e dois couros grandes para que fizesse as guascas.

Mais de dois anos depois da manhã em que partira para guerra e dois anos justos a contar do meio-dia em que fora baleado, Ranulfo González cavalgava, numa tarde comparável a uma melancia madura, a última etapa de sua viagem de regresso ao lar. Sem dúvida, existe algo que, misteriosamente, associa o sangue e a alma de um gaúcho ao que se chama *o pago*, e Ranulfo sentia essa associação como uma benquerença indefinida e vasta. Saíra de casa, animoso, num mouro arrosilhado e com um basto portenho*, voltava tranquilo num tordilho cabos-negros** e com um incômodo lombilho entrerriano*** de duas cabeças. Não regressava ao fim de uma *Odisseia*, mas conhecera o que é fazer amor por obrigação e aprendera com o vasco a moldar queijos grandes como a lua e a acertar o ponto do pirão de farinha e da canjica fervida. Trazia na cavidade pélvica uma bala que muito o molestava ao baixar a pressão atmosférica (conferindo-lhe, como para compensar, o privilégio de profetizar as chuvas e a duração dos temporais) e era dono de um cão que não o esperava, como aquele do engenhoso grego, mas troteava quase entre as patas do cavalo e era muito parecido com o outro que, numa tarde de triste lembrança, fora desnucado com um mangaço de pura crueldade.

O pago desse Ulisses campeiro era um daqueles casarios onde abundam crianças e a fauna indígena domesticada. Sua Penélope, uma parda clara de corpo de violão, que cheirava a fumaça de inverno e a bom suor, de andar pachorrento, boca marcada e cheia como um rim. A centenas de metros dos ranchos se espreguiçava um sangão margeado de pasto brando e árvores rumorosas, ricas de pássaros cantores, em cujas águas viviam, como em festa permanente e silenciosa, milhares de lambaris loucos, ou que se faziam de loucos, com os quais se entreveravam outros pequenos peixes mais sérios ou mais tristes, que pareciam pintados por um decorador com paciência de presidiário e prodigiosa criatividade. Nesse sangão bucólico, uma mulata magra e velha, vestida de preto, lavava roupa, empinando o traseiro no barranco. O cãozinho oveiro latiu várias

---
* Tipo de lombilho, largo e sem cabeças. (N.T.)
** Cavalo que tem as quatro patas negras. (N.T.)
*** Da província argentina de Entre Ríos. (N.T.)

vezes, a velha ergueu a cabeça e, com uma expressão de assombro, viu Ranulfo aproximar-se.

– *Buenas*, dona – saudou Ranulfo à sua sogra. – Cala a boca, ô caralho! – gritou para o cachorro.

– Tu... tu não tá morto? – perguntou a velha, ajoelhada no barranco.

– As almas não aparecem tão cedo – zombou Ranulfo, sujeitando o cavalo. – Ainda me conservo inteiro na parte de cima da terra – acrescentou, enquanto desmontava.

A velha levantou-se com algum esforço, estalando as juntas, e fitou atentamente o genro.

– Disseram que te defuntearam em Tacuarembó.
– Quem *disseram*?
– Ué, todo mundo...
– Conversa. Me feriram, só isso.
– Mas perderam a guerra, não é?
– Não sei, acho que empatamos. E a Felipa e os guris?

A velha não respondeu. Passou a mão na carapinha encanecida e disse:

– Pra mim nunca se ganha uma guerra. Eu andei em duas e nas duas me emprenharam.
– Pois é – disse Ranulfo.
– Na última, foi um doutor... me fez a Felipa. Acho que foi ele...
– Já conheço essa história. E a Felipa e os guris?
– Bem, todos bem, mas...
– Mas?
– *Bueno...*
– *Bueno* o quê? Desembucha.
– É que a Felipa... não tá sozinha...
– Ah é?

– Tu tava morto...

– Claro... eu tava morto – assentiu Ranulfo e, virando-se, pôs-se a mijar vigorosamente contra o tronco de um sarandi. Sogra e genro sempre se haviam entendido, não como é usual, mas como é devido. O diálogo continuou num tom amistoso que pouco a pouco parecia tornar-se cúmplice. A velha, temendo violências inúteis, repetiu mais de uma vez: "Tu tava morto..." Ranulfo ficou sabendo – além de coisas laterais, como, por exemplo, que o rancho estava de quincha nova e o frechal desempenado, que Felipa não estava parida e, quase com segurança, tampouco emprenhada, que seu filho maior já era um bom ginete, que Manuel Flores matara José Díaz por causa de uma *falta-envido**, que seu filho menor vivia judiando dos bichos e atirando boleadeira em galinha etc. – ...ficou sabendo que o homem que estava em seu lugar era um parente distante, de sobrenome também González e de nome Timóteo. A velha opinou e voltou a opinar que a situação era delicada, que requeria "um olho como para distinguir o piolho da piolha". Ranulfo, vagarosamente, e cantarolando umas coplas de baile, desencilhou o cabos-negros e lavou-lhe aplicadamente o lombo. Sempre cantarolando, fez uma estaca, cravou-a no chão além das árvores e nela prendeu, maneado e com folga, o faminto e já inquieto cavalo. Depois, calado, sentou-se no barranco e cuspiu três vezes, em parábola, na água cristalina. Depois ainda, encarou a sogra e disse que Felipa tinha de escolher e que ia acampar ali para dar-lhe tempo.

– Tá muito bem – aprovou a velha.

– Vai e diz pra ela que eu tô vivo. Se quer que eu volte, eu volto. Se não, vou embora. Amanhã vem me dizer o que devo

---

* Aposta preliminar no jogo do truco, em que os adversários competem com a soma das cartas do mesmo naipe. (N.T.)

fazer. E manda alguém me trazer um assadinho pra essa noite, se tiver... e sal também. Erva eu tenho.

– Tu é um tipo macho, filho – disse a velha.

Ranulfo sorriu.

– Não diz nada pra Felipa, mas agora que sei que tem outra montaria, me dá uma gana de dar uma boa gineteada nela, como as de antigamente.

A velha sorriu também, maliciosa, e reprovou-o de tal modo que parecia estimulá-lo:

– Olha a safadeza, Ranulfo.

– Vai ver que ela anda precisada, não levo muita fé nesse Timóteo.

– Toma juízo, louco – tornou a velha, e acrescentou: – Me vou. Tira essa roupa da água pra mim e amontoa aqui por perto.

E partiu no trote de cusco friorento que era o seu jeito de andar.

Quando a aurora de rosados dedos, filha da manhã, anunciou o dia (assim traduz Homero Dom Federico Baráibar), Ranulfo González, que dormira bem, estava tomando mate à beira do sangão e enredava-se em pensamentos compridos, demorados, algo misteriosos, como se possuísse o tempo sem morte que é privilégio dos deuses. Dessas meditações, por certo complexas para uma mente destreinada, salvou-o o latido do cãozinho oveiro: a mulata velha voltava no seu trote de cusco friorento.

– Dormiu bem, filho?

– *Buenas*. Sim, como um chefe.

– Lindo dia.

– Nem tinha reparado. Quer um mate?

– Me dá.

Depois do primeiro sorvo, a velha disse:

– A Felipa te espera.
– Hum – fez Ranulfo, sem abrir a boca.
– Disse que tu tava primeiro e que tu é o pai dos guris. Timóteo entendeu e se foi, manso.
– Melhor assim.
– A vida é a vida – resmungou a velha.

E fez com a boca desdentada, quase com o avesso dos lábios, duas ou três morisquetas que levaram Ranulfo a lembrar, com um princípio de escândalo, as piscadelas rosadas que as éguas dão com a vulva quando estão terminando de mijar.

– A vida é a vida – ele repetiu. – E pra que o mundo seja mundo, dona, tem que...

Ia dizer "tem que haver de tudo", mas a velha, adivinhando, atalhou:

– Não diz isso. O mundo devia andar reto que nem lista de poncho e anda arrodeando que nem burro de olaria. Onde juntaste a roupa?

– Lá – apontou Ranulfo, e recebeu a cuia de volta.

A velha olhou para o monte de roupa.

– Deus fez o mundo, tomou uns tragos pra festejar e até hoje não curou a borracheira...

Troteou resignadamente até as roupas, recolheu-as e foi ajoelhar-se no barranco. Ranulfo tomou ainda uns mates, observando-a, depois encilhou o tordilho e regressou ao rancho como se dele tivesse saído naquela mesma manhã.

E tudo voltou a ser como era antes da guerra.

Os contrabandistas

Cinco homens a cavalo, uma trintena de cavalos soltos e uma mula velha e cega estavam vadeando um rio. Era verão, meia tarde de um dia sereno e redondo.

Homens e cavalos cruzavam o rio, dos arbustos e juncais da margem esquerda para o matagal da margem oposta: era o fronteiriço Jaguarão. O movimento do grupo se assemelhava a uma operação bélica e se cumpria sob o comando de Rulfo Alves, homem corpulento e de grande barba negra.

– Camba um pouco rio acima – gritou o chefe, com voz poderosa.

Montava um tostado alto e esguio e já se encontrava na metade da travessia. O rapaz que recebera a ordem esporeou seu zaino negro e avançou quase a galope, repartindo e levantando águas que o sol fez rebrilhar.

O Jaguarão é muito largo naquele lugar solitário. Quem o conhece sabe bem que, precisamente por ser largo, é raso no verão: as correntezas invernais formam remansos e bancos de areia que parecem pequenas pontes submersas.

– Não apura tanto, filho – gritou para o rapaz o velho da égua tordilha que encabeçava a marcha.

Muitos (a maioria) dos cavalos que referimos como *soltos*, para significar que não levavam ginetes, iam carregados com volumosas bolsas de couro amarradas com cinchas e peiteiras de sisal. Eram animais de todo tipo e pelo, traziam buçais de tentos retorcidos e as colas bem compridas. Os outros, os que não levavam nem ginetes nem bolsas – os cavalos de muda dos contrabandistas –, eram, em geral, potros de boa estampa. Não traziam buçais e suas colas, aparadas com certa uniformidade, mal roçavam na água.

Rulfo Alves olhou para Juan e Pedro Correa, os dois tapes que vinham bem atrás. Os inseparáveis irmãos Correa pareciam gêmeos, embora não o fossem, e montavam dois baios que pareciam irmãos, e talvez o fossem. Com uma corrente, Pedro puxava a mula velha e cega, que volta e meia empacava, medrosa de rio e arroio como qualquer mula.

– A vontade que eu tenho é de degolar essa mula – dissera ele, com acento fortemente abrasileirado.

– Se degolas a mula – acabava de dizer Juan, com acento igual –, Rulfo te degola.

– Não deixem que se espalhem – chegava-lhes a voz do chefe, como ricocheteando na superfície mansa e móvel do rio.

As grandes bolsas de couro cru, com o pelo para dentro, periodicamente eram untadas por fora com graxa quente de rim*, mas, ainda assim, Rulfo e seus homens zelavam para que não se molhassem demais. Naquele zelo colaboravam por instinto os cavalos, que caminhavam como tateando os bancos de areia (é sabido que todo cavalo nasce com aptidão para nadar, mas também com o desejo de não exercitá-la).

---

* Para impermcabilizar. (N.T.)

– Se esta puta não tivesse tanta serventia... – resmungou Pedro Correa. – Prende um mangaço nela, Juan!

Dotada de uma memória infalível e conhecedora às escuras de caminhos e sendas de uma vasta zona, inveteradamente receosa e dona de sentidos misteriosos criados ou aguçados pela abolição dos olhos (que Rulfo arrancara, anos antes, com uma faca em brasa), a mula, para os contrabandistas – sobretudo para o chefe –, era um auxiliar valiosíssimo nas noites mais tenebrosas. Parda, arratonada, jamais pelechava por completo, talvez por velha, talvez pelo fato de que as mulas guardam como soterrada ou dissimulada sua assombrosa vitalidade. Pouco *se dava* com os cavalos. Prendiam-na sempre com uma corrente, pois uma de suas manhas era mastigar as guascas até cortá-las.

Foi nulo o resultado dos muitos mangaços que lhe deu Juan Correa.

O velho da égua tordilha e os cavalos que ponteavam a marcha já se aproximavam da margem direita. O rapaz do zaino negro vinha amadrinhando metros atrás, águas abaixo. Alves mandou o velho ir atalhando ali mesmo e esperar um pouco. Queria que tornassem a juntar-se os cargueiros, conforme o costume (a cola do cavalo da frente atada no buçal do que vinha atrás), antes de atravessar o mato e tocá-los quase duas léguas por diante, cortando banhados e pajonais. Planejava chegar à noitinha numa região de cerros pedregosos, onde conhecia paradouros seguros, não longe de certo casario que possuía mulheres e onde talvez pudesse vender parte do profuso contrabando que trazia. Estava satisfeito. Acreditava que enganaria mais uma vez as patrulhas fronteiriças e seu grande e perigoso inimigo, Comissário Silveira. Conferiu a altura do sol, deu um giro com seu tostado e gritou aos irmãos Correa que se

apressassem. Vendo que não venciam os medos e a teimosia da mula, ergueu-se nos estribos e soltou seu vozeirão:
— Um de vocês monte na mula!

Como um eco desse grito, o matagal da margem direita devolveu o matraquear seco e furioso das carabinas policiais que atiravam para matar.

O velho e o rapaz tombaram, feridos de morte, na primeira descarga. Alves precipitou seu cavalo para os lugares fundos e o obrigou a nadar de viés para os disparos, agarrando-se nas crinas e oculto atrás das paletas. Os irmãos saltaram de seus baios iguais e, agachados, maneados pela água e às vezes enterrando os pés na areia e no barro, correram para os juncais da margem esquerda. Os cavalos se detiveram, alguns caracolearam, murchando as orelhas, outros ameaçaram retroceder, mas sem demora a tropilha inteira e solidária reiniciou a marcha como se nada tivesse acontecido (provavelmente, todos ou quase todos já haviam escutado, mais de uma vez, detonações de armas de fogo). Ainda se faziam ouvir, menos unânimes, mais espaçados, os estrondos das invisíveis carabinas.

Várias balas mosquearam de branco o tostado do chefe, que pouco a pouco foi deixando de bracear e ficou boiando, afundando lentamente. Rulfo o abandonou e pôs-se a nadar na direção de uma ilhota próxima. Era bom nadador, escondia-se em compridos mergulhos.

Quase de bruços no barro, escondidos entre juncos e espessos camalotes, Juan e Pedro viram na água o pipocar das balas que buscavam Rulfo e observaram como todos os cavalos, inclusive os quatro encilhados, desapareciam um atrás do outro, no matagal da margem oposta. Divisavam também, um tanto vagamente, e sem avistar os policiais, a fumaça dos disparos, pequeninas nuvens brancas que se elevavam indecisas na tarde sem vento. As carabinas, por fim, emudeceram, e fez-se então um grande silêncio.

— Nos salvamos – disse Juan, com a voz desnecessariamente baixa.

— Será que vão cruzar o rio? – perguntou e perguntou-se Pedro.

— Eu digo que não. Aqui eles não mandam nada.

— Mas é melhor a gente dar o fora.

— E sem fazer barulho.

Ergueram-se um pouco para ver melhor. Nada de anormal puderam notar no matagal fronteiro. Viram os corpos meio submersos do velho e seu filho, decerto encalhados na areia, viram afastar-se águas abaixo, vagarosamente, a parte que flutuava do cavalo de Rulfo, viram um bando de pássaros atravessar o rio com uma curva ampla, em grande parte inútil.

Depois da violência, a paisagem agora com mortos exibia uma calma falsa, como hipócrita e ardilosa, que de algum modo eles perceberam e lhes provocou uma espécie de temor animal.

— Vamos embora – propôs de novo Pedro. – Os *policianos* foram pegar os cavalos... e quem garante que não vão voltar?

— Vamos – disse Juan.

Abandonaram o juncal e escorregaram por um barranco lateral, internando-se no mato, que ali era bem mais ralo. Caminhavam sem rumo certo, simplesmente distanciando-se daquele lugar. Intimamente se lamentavam por ter perdido, na precipitação, seus baios tão necessários.

— Eu digo que também mataram Rulfo – disse Juan.

— Não pode ter escapado – concordou Pedro.

Tinham esquecido a mula ou não haviam pensado nela, mas sabiam que não podia estar longe. Pouca ou nenhuma surpresa lhes causou encontrá-la.

– Olha só a mula velha – disse Juan, parando.
– É mesmo, a mula – disse Pedro, e também parou.
A mula, de cabeça torcida para não pisar na corrente que arrastava, dava passinhos curtos e pastava com a tranquilidade de um ser solitário sobre a terra, possuidor de um tempo ilimitado. Comia farejando uma e outra vez o pasto, a palha, os trevos doentes de sol, antes de arriscar a dentada. Juan e Pedro, sem saber por quê, pois só de estorvo lhes servia, alegraram-se ao vê-la.
– Ela sempre se sai com uma das suas – comentou Juan.
No mesmo instante a mula ergueu a cabeça e alertou as orelhas na direção de uma ponta de mato à esquerda dos irmãos. Eles olharam e viram aparecer Rulfo Alves.
– Rulfo! – exclamaram.
O corpulento chefe vinha cambaleando, havia sangue nas roupas encharcadas e rasgadas, sangue também na escorrida barba negra. Ofegava roucamente e borbulhas sanguinolentas cresciam e estalavam em sua boca. Deteve-se, pernas abertas, fitou primeiro a mula, depois os Correa. Uma intensidade arisca e com algo de vítreo dilatava os olhos dele. Por um momento deu a impressão de meditar, em seguida fez um gesto de mando, apontando a mula. E falou. Voz surda, mas autoritária. Pronunciou uma só palavra: as três sílabas do nome de um português largamente conhecido no pago, famoso por curar feridas com água fria e, principalmente, por sua habilidade na extração de balas com tenazes de arame ou *chamando-as* a ponta de faca.

Aquele mestre da cirurgia primitiva e da hidroterapia vivia num povoado como caído do céu, num sítio qualquer das solidões sulcadas pelo Jaguarão e seus afluentes, aproximadamente a cinco léguas do ponto em que se encontravam os três homens e a mula. Consideraram os Correa que a viagem seria longa e difícil, no melhor dos casos não terminaria antes da noite. Juan pensou também que pouco poderiam contar com os favores da lua demasiado nova.

Rulfo agarrou-se nas cruzes do arreio e empreendeu um salto que ficou pela metade. Acorreram os irmãos, pressurosos, ajudando-o a montar. Mal se acomodou, tombou sobre as crinas, vomitando sangue. A mula, paciente – ou indiferente –, não se moveu.

Juan desprendeu a corrente do buçal e com ela ligou, por baixo do peito do animal, os tornozelos do ferido. Agarrou o cabresto e deu um puxão:

– Toca, *vieja*.

A mula deu um passo, apenas um. O chefe entesou o corpo.

– Toca, *vieja* – repetiu Juan, sem resultado. – Dá-lhe, Pedro.

Pedro desembainhou o facão e deu-lhe um planchaço nas ancas. A mula deu um passo, depois outro, mais outro... E assim iniciou-se a viagem, lenta peregrinação cuja meta explícita era a casa do português, mas, ao mesmo tempo, numa instância inevitável e também secreta, era uma longa viagem para a noite, uma viagem que talvez, em essência (e os irmãos o intuíram sem demora), fosse uma caminhada até um lugar prefixado onde a morte, quieta e de pé como as árvores do caminho, esperava pelo homem tempestuoso e temido que mais de um crime de sangue devia a cada lado da fronteira.

Imagens sucessivas podem resumir boa parte dessa viagem: a unidade Juan-mula-Pedro andando entre macegas, árvores petiças e arbustos de espinhos como agulhas, Rulfo inclinado no lombo da mula e os duros cascos dela removendo o pó da trilha e amassando as gramíneas secas, ao sol já quebrantado; Juan-mula-Pedro vadeando um arroio de água escassa e leito pedregoso, que desembocava noutro arroio, que desembocava, por sua vez, no Jaguarão, e, ao sol mais baixo, Rulfo tombado sobre as crinas, os cascos empinados da mula pisando com jeito uma encosta que também era empinada; Rulfo balançando-se e sua comprida sombra balançando-se bem mais, enquanto a mula avançava com cautela por um liso areal e Pedro golpeava-lhe as ancas com o facão; num cenário de esparsas pedras cinzentas, não muito grandes e em pé como homens, e de árvores altas em cujas copas modorravam os últimos clarões do sol, Juan puxando o cabresto e gritando pela vez milésima: "Toca, *vieja*", e Rulfo Alves emergindo de seu mutismo para dizer, surpreendentemente, com voz precisa, não firme, mas bem modulada, um pouco zombeteira, um pouco vitoriosa:

– Eu já imaginava, Dom Luís, que andavas à minha procura.

Juan Correa ouviu muito bem a frase, mas custou a acreditar, a aceitar, a verdadeiramente ouvi-la. Não se atreveu a olhar para trás e até se preocupou em puxar com mais força o cabresto. Também compenetrou-se em caminhar em silêncio, em não repetir as palavras com que tantas vezes tinha instado a mula. Adivinhava, sem saber como, que Rulfo ia erguido, oscilando, os olhos extraviados, flutuantes, os braços como asas destroçadas e a cara...

– Não mente – era novamente a voz rouca de Rulfo. – E vai pra puta que te pariu!

Juan já não podia negar que ouvia e sentiu no seu íntimo uma espécie de rachadura. Conhecia a biografia do chefe e sabia pela metade, temendo saber tudo, que aquele Dom Luís era o velho Luís Medina, que Rulfo matara com duas punhaladas nas imediações do Arroio Yerbalito. Como para obrigá-lo a reconhecer aquele fato de pesadelo, a voz rouca fez-se ouvir, em tom conciliador:

– Sabes muito bem que não te matei pelas costas.
Juan estremeceu, fechou momentaneamente os olhos e quisera fechar também os ouvidos. Alguém ou alguma coisa respondeu, decerto o inaudível Luís Medina, pois Rulfo pareceu sorrir e concordou:
– *Bueno*, isso sim...
Seguramente houve outra réplica e Rulfo protestou, com energia desfalecente:
– Não, isso não!
Fez-se um silêncio que durou muitos metros do lento andar da mula. O homem que abria caminho não olhou para trás e continuou calado, alerta, puxando forte e sem folga o cabresto. Avançavam entre pedras cinzentas e árvores altas. Estas, distantes umas das outras, só de longe em longe conseguiam tocar-se pelos ramos. A noite estava próxima, mas não descia sobre o mundo, brotava de dentro dele, enredando-se vagarosamente com os elementos da paisagem. E a mula, que por certo registrava essa aproximação, tornava-se cada vez mais lenta e desconfiada, mais pesada no cabresto... Gritos de pássaros – esses gritos desconsolados e anônimos que parecem riscar e até rachar um entardecer do agreste – começaram a cair como em rajadas das copas das árvores. Um desejo ocupava quase por inteiro a alma do homem que abria caminho: não queria ouvir mais a voz de Rulfo Alves.
Esse desejo não se realizou e novamente Juan teve de ouvir a voz do chefe, alta e bastante clara no começo, depois trabalhosa, murmurante. Notou que Rulfo ainda discutia com o velho Medina e falava depois com seu irmão Antônio Alves e seu amigo Vicente Suárez, o primeiro degolado, o segundo crivado de balas na penúltima guerra civil. Juan, mesmo querendo, não teria conseguido voltar a cabeça. Caminhava com um esforço

desmedido de todos os músculos e como se tivesse de copiar cada movimento do movimento anterior. E enquanto isso a noite apertava sua teia e ninguém senão ela era quem emudecia – de repente, como se os roubasse do mundo dos vivos – os invisíveis pássaros gritões. Juan se sentia condenado pela mão presa ao cabresto, sem possibilidade de soltá-lo, e pela curta distância imposta pelo comprimento de seu braço. A voz de Rulfo se levantava em escarcéus imprevisíveis, desfalecia em pausas, recomeçava inexoravelmente...

Aconteceu então que Juan, inconscientemente, começou a acrescentar coisas ao que dizia a voz, a inventar ou criar por sua própria conta a partir da confusão (dos gaguejos e pausas, sobretudo) do delirante monólogo. Assim, ouviu nomes próprios talvez não pronunciados, reconstruiu de qualquer maneira palavras rotas ou afogadas, completou arbitrariamente frases que se haviam truncado. O que em realidade escutou e o que acreditou escutar se enredaram num emaranhado indiscernível, e esta mistura foi somando interlocutores de vozes sem som ao entrevero de diálogos que era aquele monólogo, foi povoando com novos personagens o conclave de defuntos convocado pelo ferido. Acreditou perceber, ou imaginou, que à tumultuosa reunião concorria outro assassinado, Geraldino Moreira, desnucado por Rulfo com uma garrafada, na porta de uma taberna, e também o pai dos Alves, Miguel, que ele conhecera só de nome, e ainda uma mulher chamada Paula, que vivera alguns anos com o chefe, e um contrabandista, o negro Lorenzo, baleado pelos comandados do Comissário Silveira, e outro morto pela mão de Rulfo, o milico brasileiro por nome Dos Santos...

A noite, mais iminente do que em verdade chegada, era onipresente. Como todo homem, Juan Correa já sentira vertigens diante do vazio da noite, mas nunca o noturno tinha significado para ele o que significava agora: um modo de ser das coisas. Foi por isso, sem dúvida, que ver uma pedra (uma entre tantas, vários metros adiante) ameaçando deixar de ser pedra para ser Dom Luís Medina não o impressionou como demasiadamente sobrenatural. Era uma das muitas rochas comparáveis a sentinelas esquecidas e passivamente monstruosas, e se transformava, sem transformar-se inteiramente (como ocorre às vezes aos avatares dos sonhos), no ancião alto e de cara fechada e sem gestos que Rulfo despachara, numa ventosa noite de primavera, junto a um fogacho escondido entre os matos do Yerbalito. Juan puxava o cabresto quase com fúria, a velha mula avançava com sua má vontade de sempre... avançava como em outro mundo estrito e firme, bem diferente daquele que começava a desordenar-se nos olhos de seu condutor. O monólogo do chefe era agora um murmúrio que Juan talvez nem ouvia, e a pedra era e não era, era e deixava de ser e voltava a ser o alto e agora desenterrado Luís Medina, esperando. A mula avançava... A pedra, de perto, era simplesmente uma das muitas pedras que se erguiam pelo caminho.

A pedra era apenas pedra, mas nos ramos baixos de uma árvore parecia estar Geraldino Moreira, escondido. Sim, era ele, e se dobrava como um grande pássaro à espreita, espiando com olhos de vivo pelos buracos de sua caveira. Juan registrou em seu corpo os impactos do medo (sua alma já estava fechada a qualquer novo espanto), mas conseguiu desviar os olhos.

Desviou-os em vão: em pé, junto ao tronco de outra árvore e apoiada nele para não cair, parecia estar, ou estava mesmo, Paula...

Juan, pernas frouxas, arrepios gelados nas vértebras, obrigou-se a contemplar o que seus olhos pensavam ver... Paula como desfigurada pelos vários anos de morta, um rancor já sem força nas pupilas de vidro opaco, uma pequena alegria maligna e um certo desvario coexistindo no rosto de nuanças terrosas, meio borradas.

Juan, às vezes tropeçando, puxava o cabresto.

Numa outra árvore reapareceu e logo se ocultou o sorrateiro Geraldino Moreira.

E outra pedra, por breve momento, transformou-se no velho Medina

e passou rapidamente e tornou a passar, recortada nas primeiras sombras noturnas, ainda vagarosas, nebulosas, uma outra sombra mais nítida, mais sombra, que devia ser Vicente Suárez, o único amigo que Rulfo incluíra em sua biografia

e outra sombra delimitada, mas lenta, foi visivelmente Antonio Alves, sujeitando com ambas as mãos sua trôpega cabeça de degolado de orelha a orelha

e outra foi o velho Miguel, o pai

e outra foi o negro Lorenzo, com seu andar alquebrado, incerto, de negro entrado em anos

e outra que surgiu impetuosamente e fugiu de um salto foi talvez o milico Dos Santos...

A noite cingia a paisagem e do murmúrio de Rulfo emergiam palavras soltas e dissociadas e como cheias de pavor, nomes próprios que gritava, imprecações e pedaços de imprecações...

O alucinado puxava o cabresto, a mula avançava com seus alheados passinhos matemáticos e suas sempiternas ganas de empacar.

Aos olhos de Juan, uma alta pedra cinzenta era novamente ou queria ser o velho Medina. E outra pedra mais baixa, também em pé como um homem, expunha em seu topo a cara amulatada e vingativa do milico brasileiro, e uma árvore falou, confusamente, e Paula reapareceu com sua máscara de louca e seu leve regozijo satânico, e uma pedra balbuciou uma injúria, e uma sombra disse algo, outra sombra calada e parcimoniosa e severa foi Dom Miguel Alves em pessoa, e outra sombra apressada lançou gritos hostis...

O murmúrio do chefe parecia não ter fim e a noite cingia mais e mais a paisagem, cingindo também a turba de mortos em torno do homem que cabresteava a mula.

Giravam os mortos, giravam rondando e se atropelavam numa endemoniada desordem... E no meio daquele horror, como sonhando e sonhando-se e como se fosse ao mesmo tempo motor, espelho e carne de um sonho de febre alta, caminhava o alucinado Juan Correa.

Mas, subitamente, cessou tudo. Calou-se a voz de Rulfo, o mundo vibrou um instante, imobilizou-se e silenciou de modo estranho.

Uma faca, lançada de longe a uma tábua, crava-se com um golpe seco e vibrante, e ali permanece imóvel, como enterrada desde muito tempo. Algo parecido passou-se com o mundo, aos olhos e ouvidos do também imóvel Juan Correa. Uma paz terminativa e minuciosa, tão urgente que dir-se-ia instalada por um relâmpago secreto, cravou as coisas em si mesmas, reduziu--as à quietude e ao mutismo que lhes eram conaturais. Pedras e árvores deixaram de ser ou de arremedar ou de ocultar fantasmas. As sombras voltaram a ser aquelas sombras gratas que nos verões dos matos, nos campos muito acidentados, nos cerros, iniciam a noite por conta própria. E a noite, embora ainda não o fosse (e fosse o último minuto do doce tempo de pausa que não é dela nem do dia), retrocedeu um pouco, deu um pequeno passo atrás, cedeu seu lugar àquela pausa belamente imprecisa. A paisagem inteira adquiriu uma serenidade desmedida, sobrepassando as possibilidades humanas de apreendê-la. Aquele mesmo sossego, aquela nobreza fora de escala, parecia corresponder misteriosamente a profundas pulsações da terra e à recuperada dimensão do céu, e roçar ou tocar, por fim, na mula agora imóvel ("Ela sempre se sai com uma das suas", dissera um dos Correa) e no corpo e na alma de Juan Correa. O mundo era também mais claro. Recém agora via Juan um fragmento de lua, nitidamente, com uma proximidade bem mais amistosa do que aquela aparentada por outros elementos da paisagem. E olhou para trás.

Juan se volta e vê então algo que sabe que vai ver: o chefe está morto, tombado sobre o pescoço da mula com a gravidade totalitária dos defuntos. Mas também percebe, na claridade difusa, algo de todo imprevisto: seu irmão Pedro, com os olhos baixos, certo ar de homem atarefado, está limpando a faca na anca peluda da mula.

– Pedro! – exclama Juan.

Pedro ergue os olhos.

– Mas Pedro... – torna e reprova Juan.

Pedro Correa olha para a faca, já vai guardá-la e diz:

– Não tinha jeito. Se não o tranquilizo, ele nos enlouquece os dois...

Três homens

Era uma vez três homens. O primeiro se chamava Ramiro Pazos, era filho de espanhóis e falava com sotaque peninsular não de todo involuntário. Desempenhava havia muitos anos, com eficácia (era capaz de atos de lúcida coragem e de violências mais ou menos arbitrárias), o cargo de comissário de polícia numa vasta área rural de um dos departamentos centrais.

O comumente chamado *Comissariado do Pazos* era um amontoado de vários ranchos de diferentes tamanhos, nos altos de uma meseta pedregosa e sem árvores.

Certa manhã de verão chegou ao comissariado um carro puxado por cavalos de pelo lustroso. Dele desceram o taberneiro catalão e dois abonados estancieiros da zona. Pazos recebeu os visitantes no rancho maior, um pouco apartado dos demais, que era onde morava. Pouco depois os acompanhou de volta ao carro. Retornando, chamou o Sargento Maciel – nosso segundo homem.

– Depois da sesta vamos sair por aí. Manda me trazer o zaino grande.

– Certo, meu comissário – disse Maciel, e continuou olhando para o chefe.

– Dizem que Velasco anda no pago – informou Pazos, em resposta àquele olhar. – Vamos sair só eu e tu, com roupa civil. Desta vez o safado não me escapa.

E voltou ao seu rancho. Maciel, homem baixo, de cara e sorriso que faziam amigos, dirigiu-se à ramada onde os milicos, no verão, faziam o fogo do meio-dia.

Naquela tarde, Pazos e Maciel, num acordo tácito, sestearam menos do que costumavam. Ainda estava alto o sol quando montaram e partiram a trote, deixando o comissariado a cargo do enfermiço e taciturno escrevente González.

Três dias depois, três dias de infrutíferas buscas, comissário e sargento marchavam quase paralelamente a um arroio manso, mas de certo volume. Pretendiam vadeá-lo mais adiante, para pernoitar na estância de um inglês cujo sobrenome todos no pago pronunciavam cada qual à sua maneira. A vegetação silvestre que margeava o arroio era extensa naquela baixada: talvez mais de duas quadras de árvores e arbustos que iam até a base da coxilha. Faltava pouco para o entardecer e os dois homens não esperavam chegar com luz ao arruinado casarão onde o inglês, quase um misantropo, vivia cercado de cães de raça. Na noite anterior tinham dormido num rancherio, e Maciel, que sempre encontrava alguém disposto a cooperar, recolhera o informe, confiado em voz baixa e a sós, de que o bandoleiro Velasco montava um tordilho tirando a magro e mui cabeceador. Comissário e sargento sabiam muito bem que um homem a cavalo, visto de longe, é mais o cavalo do que o homem, e ao longo do dia não tinham esquecido aquilo do "tordilho mui cabeceador". E tordilho, precisamente, era o cavalo do homem que ia deixando o mato e que Pazos foi o primeiro a avistar.

– Olha lá, sargento!

Desmontou e engatilhou a carabina. Maciel, montado, sacou a pistola. O tordilho repechava a coxilha com um trote solto e levantava e baixava energicamente a cabeça.

– É ele – garantiu Maciel.

– Tenta te aproximar pelo flanco do mato – ordenou Pazos, de joelho na terra e fazendo pontaria.

O sol reverberava no cano da arma e ele esperou um momento antes de fazer fogo. Ao mesmo tempo, o tordilho caracoleou e se deteve.

– Nos viu – resmungou Pazos.

– Atire – gritou o sargento e esporeou o cavalo, partindo a galope.

A detonação fez o cavalo de Pazos dar um salto. Bráulio Velasco – o terceiro homem – notou a fumaça e ouviu muito perto o silvo da bala. Através da fumaça, Pazos viu o tordilho fugir para o mato. Tornou a fazer fogo, enquanto Maciel, a todo galope, disparava sua pistola. O tordilho alcançou as primeiras árvores. Pela terceira vez, já tentando a sorte, fez fogo o comissário, mas o tordilho desapareceu no meio do arvoredo.

Pazos ergueu-se, o rosto contraído pela raiva, e ainda pôde ver o sargento entrando no mato. Seu cavalo (seu cavalo de confiança, o incansável e dócil zaino grande) o esperava a umas cinquenta varas*, com as rédeas no chão e as orelhas tesas.

Galopeou também na direção do mato.

Árvores e arbustos se apertavam num denso emaranhado. Enquanto procurava pegadas ou uma brecha, Pazos teve a impressão de que o mato literalmente havia tragado o bandoleiro e o sargento. Encontrou uma picada (ou algo que parecia uma pi-

---

* Antiga unidade de medida de comprimento equivalente a cinco palmos, aproximadamente 1,10 m. (N.T.)

cada) e enveredou por ela, mas sem demora ramos de espinhos cortaram-lhe o caminho. Desmontou e seguiu a pé. Um teto de folhas filtrava o sol oblíquo, uma quase penumbra se fechava ao seu redor. Várias vezes parou para escutar e nada escutou além do silêncio, aquele silêncio rumoroso, latente e como espreitante que é próprio dos matagais.

O comissário não era homem de render-se às dificuldades de uma empresa, mas concluiu que era um absurdo continuar a busca num labirinto como aquele e já quase sem luz. E retornou ao cavalo e logo à base da coxilha, com a ideia de esperar Maciel ali.

O sol descia como se despenhando, como sempre desce no verão em campo aberto, depois que o dia comprido se interrompe. O sol caía e caía e o mato não devolvia o sargento. Pazos não queria prosseguir sem ele e ao mesmo tempo repetia a si mesmo que precisava de luz para localizar a picada e vadear o arroio. Resistiu até o sol roçar nas copas das árvores, e então, dizendo-se "não demora ele aparece", deu rédea ao zaino rumo à estância do inglês.

❖ ❖ ❖

Mr. David Greenstreet recebeu o comissário com uma hospitalidade resignada. Um lampião de inusitado engenho (no qual Pazos não soube reconhecer um farol de barco) iluminava a enorme sala de jantar, onde o inglês se encontrava a sós com seus cachorros. Penduradas nas paredes, grandes gaiolas de pássaros adormecidos.

– Posso lhe oferecer assado e bolachas – disse o inglês, num espanhol laborioso. – Um copo de rum?

– Não, *gracias*.

Enquanto comia, Pazos explicou em que diligência andava e mencionou o propósito de no dia seguinte dar uma batida em regra pelos matos.

— Nunca vi Velasco — disse Mr. David, como a lamentar-se.

— Posso contar com seus peões?

— Se eles quiserem... — bebeu meio copo de rum e perguntou sem interesse: — E o homem não vai fugir durante a noite?

Anos de experiência respaldaram a resposta do comissário:

— Bandoleiros não arredam o pé do mato.

— Acredito.

— Além disso, Velasco não tem cavalo pra ir muito longe. Posso contar com o senhor?

— Não. Em meu país só caçamos raposas.

Houve um breve silêncio. O inglês esvaziou o copo e tornou a enchê-lo, dizendo, com gravidade e vagar:

— Andei caçando homens há muito tempo. Em 1882, na Índia, sob as ordens do Coronel Richardson...

E carregando o copo e a garrafa, mudou-se da cadeira para uma poltrona. Ao lado havia uma mesa baixa e sobre ela um aparelho muito estranho que o inglês acionou. O aparelho emitiu uma melodia como morta de sono, à qual somou-se em seguida a voz de uma mulher cujo canto, aos ouvidos de Pazos, era uma sucessão de aprazíveis alaridos. Mr. David ouvia com olhos parados e bebia grandes goles de rum. Era evidente que tinha dado por finda a conversa e que procedia como se o comissário não existisse. Este, mais desconcertado do que ofendido, achou melhor ir deitar-se.

❖ ❖ ❖

Dormiu pouco e esperou o raiar do dia tomando mate com um velho de barbas brancas e poucas palavras que era o capataz da estância. Inquietava-o a ausência de Maciel. Era quase uma insensatez pensar que tivesse continuado a busca no matagal anoitecido. Teria ocorrido alguma coisa? Difícil que um homem experimentado como Maciel fosse vítima de um percalço maior. Como explicar, então, tanta demora? Pensou num extravio no mato, numa peleia de morte com Velasco, numa queda de cavalo, num tremedal, numa cobra venenosa...

Embora ninguém ignorasse que Velasco pelearia como um puma, os peões não se negaram a participar da batida. Quase todos estavam curtidos por coisas bem piores, como o recrutamento nas guerras civis que costumavam alvoroçar a campanha. E talvez mais de um recebeu com secreta alegria a ideia de interromper o tédio das tarefas habituais.

O comissário deu as instruções que o caso requeria e os enviou em diferentes direções. Partiu ele mesmo pelo caminho mais curto, na companhia do velho capataz.

O sol já vinha querendo se mostrar.

❖ ❖ ❖

A uma légua escassa, o caminho fazia a volta num cerro. E ali os dois ginetes se encontraram com outro que galopeava em sentido contrário e que era o Sargento Maciel.

– Onde andavas? – perguntou Pazos.

Maciel respondeu em tom de informação, mas sua satisfação era evidente:

– Prendi Velasco nesta madrugada.

– Quê?

– Prendi Velasco, meu comissário.

Pazos aproximou seu zaino do mouro de Maciel.

– Vivo?

– Vivinho.
– Onde?
– No mato.
– Como o encontraste?
– Ele fez fogo cedo demais e vi o clarão. Dei voz de prisão, mas... tive que pelear.

Agora o comissário notava uma ferida no braço do sargento e uma mancha de sangue em sua camisa, pouco abaixo da clavícula.

– Onde o deixaste?
– No mato, atado com o maneador.
– Ferido?
– Pouca coisa.
– E esses talhos aí?
– Arranhões, meu comissário.
– Muito bem, amigo Maciel. Vamos buscar esse safado – e olhando para o capataz: – Pode voltar, Dom Eustáquio. *Gracias.* Avise os homens que não preciso mais deles e diga ao inglês que aqui nós caçamos bandoleiros, não raposas.

❖ ❖ ❖

Numa pequena clareira do matagal estava Bráulio Velasco, de costas no chão, atados os pés e as mãos com o maneador bem sovado de Maciel. Estava sério, tranquilo, e uma barba de ao menos um mês emoldurava seu rosto e o invadia. Tinha na testa marcas de golpes, fios de sangue seco, tinha os olhos semicerrados e como ausentes por completo. Ao redor, mas como a mil léguas, estalava em sol novo e passarada toda a alegria de uma límpida manhã no mato. Não pareciam molestá-lo nem um pouco as moscas felizes que o atacavam. A poucos passos, maneado com maneia de trava, o tordilho se espichava em vão para comer liquens que cresciam no tronco de uma alfarrobeira seca. Mais perto, viam-se as peças do arreio, estendidas no chão do modo como é usual arranjá-las para dormir. Mais perto ainda, a cinza e até alguma brasa do fogo que havia muito se apagara e que, muito alto e madrugador, denunciara o bandoleiro ao insone sargento. E a meio caminho entre o homem e o cavalo, no chão e como sem dono, o punhal que Maciel, com um golpe de sua faca, fizera saltar da mão adversária.

Comissário e sargento chegaram caminhando, tinham deixado os cavalos na entrada do mato. Velasco olhou para os dois homens muito altos, parados ao seu lado, e logo desviou os olhos, como se quisesse apagá-los. Pazos o observava. Olhou também para o tordilho, os arreios, o resto do fogo. Maciel foi buscar o punhal e o deixou cair junto do poncho e do chapéu, ao lado dos arreios.

– Velasco – chamou Pazos.

O bandoleiro não demonstrou ter ouvido.

– Velasco – tornou o comissário.

O homem parecia não escutá-lo. Pazos, que era da raça dos que batem, deu-lhe um pontapé nas costelas. Velasco abriu de par em par seus olhos intensos e os cravou em Pazos. Seus lábios apertados nada disseram.

– *No hay matrero que no caiga** – disse o comissário, exagerando seu inveterado e, sem dúvida, altaneiro sotaque espanhol. – E aí está – acrescentou, com desprezo –, se acabaram tuas desordens e fanfarronadas.

Os olhos do bandoleiro continuavam cravados nos seus. Não viu neles temor, mas uma espécie de resistência primária,

---

* Verso do Martín Fierro. (N.T.)

elementar, parecendo-lhe que durante se negavam, entre outras coisas, a vê-lo, a ver o senhor Comissário Ramiro Pazos, a ver nele algo mais do que um homem qualquer que lhe batera e que poderia bater novamente. E pensou que aquele bandoleiro derrotado poderia ser submetido a qualquer castigo, até torturado, sem que se conseguisse de seus olhos outro modo de olhar. E descarregou-lhe outro pontapé, muito mais violento.

– Comissário – reclamou Maciel.

Pazos encostou o cano da carabina na cabeça de Velasco.

– Devia te meter uma bala pra poupar trabalho e papel, mas é melhor deixar que apodreças no xadrez.

Pela cara angulosa e quieta do bandoleiro passou veloz um trejeito que podia significar "pouco me importa", e então o comissário cuspiu nele.

Maciel interveio, decidido:

– Não destrate o homem, comissário.

Pazos mediu o subordinado com um olhar comprido.

– Não destrate o homem, faça o favor – tornou o sargento, com vagar, contido.

– Está bem – aceitou o comissário, passado um momento.

– Quem prendeu foi tu... Desata os pés dele.

Maciel cumpriu a ordem.

– De pé – disse Pazos.

O homem não se moveu. O sargento agarrou-o pelos ombros e o fez sentar-se.

– De pé – repetiu o comissário, gritando.

Velasco permaneceu sentado.

– De pé, já disse – gritou Pazos, mais forte, e golpeou violentamente o ombro dele com a culatra da arma.

– Comissário – protestou Maciel –, assim eu solto o homem.

– Cala a boca!

– Olhe que...
– Cala a boca, eu já disse!
Maciel afastou-se um pouco.
– De pé – rugiu Pazos.
Quando fez menção de golpear outra vez, Maciel saltou e tomou-lhe a carabina.
– Pra trás!
– Maciel!
– Pra trás, comissário.
Pazos recuou. Estava desarmado, tinha deixado nos arreios a baioneta curta que era a sua arma branca.
– Eu disse que não destratasse o homem. Eu o prendi peleando... e agora vou soltá-lo.
Pazos quis avançar.
– Pra trás – repetiu o sargento, trocando a carabina de mão e desembainhando a faca.
Cortou o maneador e Velasco ergueu-se. Pazos, rapidamente, recolheu do chão o punhal do bandoleiro.
– O senhor mesmo terá que prendê-lo, comissário – disse Maciel.
E com um movimento quase cerimonioso, lançou sua própria faca aos pés de Velasco. Deixou a clareira com passos urgentes, usando a carabina para afastar os ramos dos arbustos espinhentos.
Ainda com pressa, chegou à beira do arroio. Largou a carabina no pasto e sentou-se num barranco, os pés a poucos centímetros da água. O arroio naquele ponto era um lagoão encorpado e talvez profundo, e o sargento ali ficou, cabisbaixo, como perdido em pensamentos difíceis, como esperando que o fundo secreto do lagoão respondesse às perguntas que se fazia sem ao menos saber como formulá-las...

Ao cabo de longos minutos ouviu passos surdos que se aproximavam, mas não se voltou. Os passos se detiveram: um homem, um homem que arquejava, estava parado atrás dele. Continuou olhando a água e o reflexo mostrou-lhe que o homem era Velasco. Nem assim olhou para trás. Mais do que viu, sentiu a mão que lhe entregava a faca. Tomou-a, deu uma olhada nela e a lavou. Secou-a no cano da bota e a guardou na bainha.

– Às suas ordens, sargento – disse Velasco.

Maciel continuou imóvel e calado.

– Me entrego – insistiu o homem.

Maciel não olhou para o bandoleiro nem para a imagem dele na água. Como para si mesmo, ou para ninguém, ou para o mutismo do lagoão ou para todos os homens, disse:

– O zaino do finado é mui guapo de pata.

Cavalos do amanhecer

O cão saiu do rancho e, perto da porta, pôs-se a latir e uivar para a noite sem lua. Depois voltou e deitou-se, rosnando, na cinza aos pés do dono.

– Não se assanhe, Correntino – disse Martiniano Ríos, que nas longas madrugadas de fogo de chão (era um gaúcho habituado a esperar o dia *lavando* morosamente o mate comprido) costumava dizer coisas ao cachorro.

Achas de coronilha ardiam em brasas cor de sangue, os gravetos choravam uma seiva espumosa e levantavam pequenas chamas de bordas azuladas, a fumaça fugindo pela porta entreaberta e pelas frestas da quincha. Numa espécie de nicho cavado na parede de barro, uma peça de bronze, que um dia tinha sido a calota de uma carruagem luxuosa, servia de pedestal a um candeeiro que fumaceava quase tanto quanto o fogo.

Ainda faltava muito para amanhecer. A nova luz, para chegar àquele rancho solitário, precisava vencer léguas de trevas, andar bom tempo sobre coxilhas e repechos onde o vento negro penteava o pasto de outono, sobre arroios que varavam a noite às cegas e cavalhadas inquietas e vacas de grandes guampas, sobre montes, cerros, casarios.

Martiniano, abancado num cepo, mateava e fumava com gestos lentos, precisos. Envergava todas as suas prendas, desde as botas até o chapéu de copa redonda. Na guaiaca larga e adornada de moedas, o facão de aço espanhol e o revólver de cano curto, de fabricação francesa. A poucos passos, no outro lado do tabique de juncos que dividia o rancho em dois, dormiam a mulher e o filho. Embora não o sentisse claramente, aquelas criaturas adormecidas – carne quase própria, repousada e indefesa –, mais do que próximas, estavam como dentro dele, profunda e misteriosamente.

Correntino, como sempre, não dormia nem cochilava. O cachorro de pelo tigrado seguia dando mostras de um desassossego insólito e mais de uma vez seu dono precisou silenciá-lo.

– Cusco de merda – chegou a dizer. – Quer acordar Josefa e o guri?

Josefa, bem mais jovem do que o quarentão Martiniano, era uma mulher tristonha e indiática, com um daqueles corpos nativos de fêmea que, *a lo largo*, sempre se tornam um pouco pesados. Tinha uma pele suavíssima e nela um cheiro fundo, bravio – como de sanga à sombra de salgueiros –, que Martiniano farejava como animal perdido à procura de um rumo, e que, segundo lhe constava, nenhum outro homem tinha farejado.

O guri era um piazito magrelo, vivaz, de oito anos recém-feitos, cujos traços prometiam recordar um dia a cara ossuda, tensa, pouco expressiva e às vezes carrancuda do pai.

– Se acalme – tornou Martiniano (que jamais tuteava o cachorro), num tom que quis ser amistoso. – Antes de clarear o dia não podemos saber o que se passa em sua cabeça.

Mas Correntino continuou agitado e o homem, pouco a pouco, também foi-se enervando, sem demora teve a certeza de que alguma coisa ruim, ou ao menos perigosa, era adivinhada pelos sentidos de bruxaria daquele neto de cães selvagens. Ainda assim, continuou a cevar e a tomar seus mates com a moderação habitual. Várias coisas pensou. Entre elas, recordou-se de que dias antes, no bolicho, ouvira falar na possibilidade de uma guerra civil. De vez em quando, como sempre, golpeava as achas de coronilha com um arame trançado e encostava as brasas na cambona negra e bojuda. Seu único gesto inusitado foi levar uma vez a mão à guaiaca, para comprovar o que sabia: ali estavam o revólver e o facão. Grande era a intimidade de Martiniano com as horas derradeiras da noite. Sabia esperar o dia com um ajuste perfeito entre sua alma e o tempo liso da espera. Nesse ajuste se somavam ou colaboravam o fogo, o mate, o fumo, o bem-estar do corpo descansado e são que dormira com mulher, o sereno encantamento de estar só e sentir-se acompanhado. Naquela madrugada, contudo, uma impaciência nova substituía-se ao gozo antigo e manso do amanhecer, e a aurora parecia retardar-se além da conta. Quando, finalmente, ela chegou, quando Martiniano *soube* – por cem signos, sem necessidade de olhar – que já clareara o bastante, levantou-se, apagou o candeeiro e saiu do rancho. Deixou trancado o cachorro, em cuja discrição não podia confiar.

Vastas luzes já se adonavam do céu, mas ainda remanesciam massas de névoa noturna, como querendo resistir ao rés do chão. O rancho ficava ao pé de uma coxilha alta, quase na base da encosta que ascendia suave e longamente. Martiniano, com passos receosos, detendo-se repetidas vezes para observar as cercanias, deu uma volta completa ao redor dele. Nada viu que justificasse a inquietação de Correntino e seguiu caminhando até o forno de pão. O vento da noite morria pouco a pouco, em sopros cansados. No lombo da coxilha, fragmentos de névoa se afastavam uns dos outros, como a debandar sem pressa. Estava nascendo o dia no céu, estava subindo a estrela d'alva como um olho de cavalo assassinado, e as estrelas em pânico fugiam ou naufragavam. E estava nascendo o dia também na terra, em torno de Martiniano, com a algazarra dos passarinhos nas árvores, os mugidos da vaca leiteira, as galinhas saltando dos galhos baixos do umbu e dos beirais do galpãozinho. Martiniano esperava, sem saber o que esperava, e foi então que ouviu o coro dos quero-queros.

Um bando de quero-queros escandalizando o amanhecer não era coisa que pudesse chamar a atenção de um gaúcho. Mas os sempiternos gritões tinham vários estilos de gritar, e aquele bando invisível o fazia de maneira excessivamente desaforada e unânime. Por certo era um bando numeroso e os gritos vinham de cima da coxilha. Nessa direção pôs-se a caminhar Martiniano e em seguida parou, vacilante, à escuta, a meio caminho entre o palanque e o galpãozinho. Os quero-queros gritavam com fúria, decerto voando baixo, na altura da cabeça de um homem a cavalo. Martiniano retrocedeu sem dar-se conta e foi postar-se junto ao bocal do poço, numa atitude de coruja vigilante.

Aquele bocal fora erguido com pedras bem talhadas e solidamente assentadas, mas dispostas ao arrepio do prumo e da aparência. Era pouco mais alto do que o comum dos bocais e não era redondo. Tinha dois pilares também de pedra e também toscamente construídos. Os pilares sustentavam um travessão horizontal, pedaço de antigo varal de carreta. De tão exagerado eixo pendiam a roldana de madeira e um grande gancho de ferro. Pendurado neste, o balde de latão com sua corda enrolada como um laço.

Martiniano se acotovelou no bocal. Cabeça afundada nos ombros, queixo apoiado nas mãos juntas, esquadrinhava a coxilha com um olhar comprido. Os quero-queros continuavam a gritar como se jamais fossem calar-se. O dia ainda crescia, com toda a prepotência minuciosa com que nascem no campo os dias ensolarados. Martiniano respirava, sem que mentalmente registrasse, a emanação noturna do poço, o alento quase de ser vivo e ligeiramente trevoso da umidade e da água lá embaixo em seu sono provisório. Já sabia que esperava um ginete, ou vários, ou muitos. Exigia como nunca de seus olhos adestrados à distância. Viu ou pensou ver, contra os primeiros albores da manhã, quero-queros que se elevavam, planando, para mergulhar verticalmente sobre algo que se movia. Então trepou no bocal, agarrou-se ao travessão e ali ficou, de pernas abertas sobre o poço, a investigar os altos da coxilha.

 O poço tinha uma profundidade de mais ou menos vinte metros. Nos primeiros era de bom diâmetro, com pedras iguais às do bocal, mas logo abaixo se estreitava e, num traçado irregular, ia mergulhar nas duras rochas do subsolo. Era mais velho do que a memória, ninguém no pago poderia dizer com certeza quem fora o poceiro e muito menos por que o cavara naquele lugar (a tradição oral aludia vagamente a um gringo e talvez tivesse sido mesmo um gringo, pois o uso nativo era o barril com rodas ou arrastado, o sofrido petiço aguateiro e a peregrinação à sanga ou à cacimba). Possuía um depósito escasso, de menos de um metro d'água, mas a repunha com rapidez pelas vertentes do fundo. A água era salobra, levemente azulada, com um frescor íntimo e quase alegre, ou ao menos cordial. Martiniano mais de uma vez descera para limpá-lo, auxiliado por Josefa, que com um espelho transferia lá para o fundo um raio trêmulo de sol. Descer era fácil, subir não era tão difícil.

 Não soube Martiniano o momento exato em que, distintamente, pôde avistar os ginetes. Eram muitos, talvez uns cinquenta. Coroaram a coxilha e, num tranco lento, empreenderam a longa descida pela encosta. Vinham em filas desordenadas e em pequenos grupos de três, de quatro. Quase todos traziam cavalos de tiro e alguns mais atrás vinham repontando cavalos soltos. Embora ainda não corresse o risco de ser visto, Martiniano, sem soltar o travessão, ocultou-se atrás de um dos pilares e seguiu vigiando, os olhos menos exigidos, mas atentos.

Viu ou pensou ver as lanças, uma bandeira, as divisas, o reflexo do sol nos canos das carabinas, a postura "diferente" do homem que encabeçava a marcha. Adivinhou ou imaginou as caras (aqueles rostos barbados que vemos em fotografias amarelas, sem saber ao certo o que buscamos), a dura, fria e talvez insone e talvez fanática resolução nos olhos. O espetáculo não era novo para ele, mas muitos homens a cavalo, armados, sempre impressionavam. Sua mão livre tateou o cabo do revólver.

Os quero-queros já não gritavam ou ao menos não os ouvia. Os ginetes, ao longe, mudaram ligeiramente de rumo, na direção das casas. Martiniano saltou do bocal e, curvado, voltou ao rancho.

A mulher e o filho ainda dormiam. Ele acordou Josefa, disse-lhe que estava vindo outra guerra e que decidira se esconder.

– Como? – perguntou ela, ainda estremunhando no grande catre de guascas.

– Vem vindo outra guerra – repetiu Martiniano, baixo. – Servi duas vezes e não quero servir mais.

– Como? – tornou a perguntar Josefa, já sentada.

Martiniano deixara aberta a porta da cozinha e também a porta de couro do tabique. Naquela frouxa claridade, Josefa tentava decifrar o rosto de seu homem. Ainda enredada no sono, continuava sem compreender.

– Vem vindo outra guerra – disse ele, alto.

– Não acorda o guri. Outra guerra?
– Isso.
– Como sabes?
– Vem aí uma partida.
– De que lado são?

Martiniano disse de que cor era a bandeira, como eram as divisas, e acrescentou:

– Me cago pros dois. Eu não vou...

Interrompeu-o a entrada repentina de Correntino, com latidos que eram um único latido (ele saíra do rancho, recorrera a vizinhança e voltava sobrecarregado de alarmas). Martiniano calou-o com um grito e um pontapé, e o cão se refugiou, ganindo, debaixo do catre do guri, que despertou e ergueu-se.

– Dorme, filho – mandou rispidamente o pai, empurrando-o e obrigando-o a deitar-se.

Josefa era demasiado simples para perguntar-se até que ponto conhecia seu homem, mas, sem o saber, estava fazendo tal pergunta no modo de fitá-lo e no tom com que disse:

– E tu... vais te esconder?

Martiniano aproximou-se dela, falando em voz baixa para que o menino não ouvisse. Disse-lhe que sim, que resolvera se esconder, que não pretendia servir outra vez e que não queria saber de *blancos* ou *colorados*. Quase num sussurro, confiou-lhe que se esconderia no poço.

– Diz pra eles que ando tropeando – e erguendo um pouco a voz, já na porta: – Esconde as esporas e o poncho!

– Mas... – quis objetar Josefa.

– Não discute, mulher – disse Martiniano.

Por trás de um pilar do poço espiou uma vez mais os ginetes ao longe. Em seguida jogou o balde, subiu no bocal e agarrou a corda. Desceu com facilidade, apoiando o bico das botas nas saliências da parede. Ao pisar nas pedras do fundo, a água, como despertando em sobressalto, envolveu-o com seu frescor até a altura da coxa.

Quem desce num poço como aquele se distancia do mundo de uma maneira estranha. Vinte metros de descida por um buraco cavado na noite sem fim do subsolo é uma viagem vertiginosa e com certa magia. Entra-se num reino de fábula, onde tudo parece existir de forma espectral. Entra-se, nada impunemente, na vida surda e secreta do humo, na argila que sua um suor frio e cheira a tumba recém aberta, no pedregulho e na rocha que nada sabem da luz, no mundo das águas que deslizam sem parar como répteis sem olhos. Aquele que desce vai levando seus ossos até os ossos de seus antepassados e daqueles seres sem cara e sem nome que foram comidos pela terra em qualquer parte do planeta. Cada vez mais escuro e deprimente faz-se o poço. O céu é apenas uma moeda, uma distante e pequena e às vezes cinzenta moeda, e amiúde é possível ver nela, em pleno dia, estrelas que parecem duplamente longínquas. Há também um silêncio nu e puríssimo, que de imediato se integra ou se acrescenta ao negrume e à pedra, e o fundo do poço é um lugar onde se está sem estar de todo, onde muito se participa do não estar, do ter partido, do estar morto. Nos poços fundos o ar não se renova ou mal se renova, e a falta de oxigênio (que apaga os fósforos e torna inúteis os isqueiros) acelera o coração, afrouxa o corpo e, ao cabo de alguns minutos, provoca uma embriaguez bem singular, tão singular que quase não merece ser chamada assim, é mais uma tontura com leveza de alma, uma espécie de vazio que expulsa o homem de si mesmo e o afasta um tanto do velho tempo de seu sangue.

Nessa embriaguez enganosa que de algum modo o separava do que havia feito antes e do que vivia agora, Martiniano encostava-se na parede irregular e, de tanto em tanto, erguia os olhos para o opaco redondel do céu. Já não sentia o frescor da água nas pernas. Não era capaz de ter consciência de outras sensações que não as elementares, mas sentia que alguma coisa sua, talvez importante e que não conseguia identificar, parecia fugir dele como fogem os sonhos de quem desperta. Suas mãos procuraram a corda que pendia na escuridão a poucos centímetros de seu rosto, mas logo a soltaram. Não é impossível que, ao mesmo tempo, chegasse a sentir os avanços de um desapego ao que era pessoal, ao que era ou tinha sido Martiniano Ríos. A falta de oxigênio fazia com que suas têmporas latejassem, sua boca úmida e entreaberta tinha o gosto metálico da febre. Era menor a frequência com que levantava os olhos. O silêncio, a escuridão e a pedra, associados como para sempre, cingiam-se progressivamente acima de sua cabeça e ao redor de seu corpo frouxo. E o tempo, também progressivamente, era menos a costumeira e natural correlação entre seu pulso e a duração das coisas, e mais outro tempo que, por sua vez, mentia-lhe, porque era um tempo livre, sem governo, e dele prescindia por ser também um tempo de mundo morto.

De repente, algo reviveu no fundo do poço. Martiniano percebeu uma tensão na corda e notou que o balde, caído aos seus pés, começava a mover-se. Apertou o corpo contra a parede e cobriu o rosto com os braços. O balde roçou nele e bateu-lhe fracamente no lado da cabeça. Um dos ginetes, com certeza, ia tomar um caneco d'água. Um instante depois sentiu uma grande angústia e desejou, suplicou até que o desconhecido (imaginou-o velho, de barbas brancas) baixasse o balde. Passaram-se minutos como léguas e nada aconteceu. Sem a corda, jamais conseguiria sair do poço. Pensou na mulher e no filho. Chegou a lembrar que Josefa mais tarde baixaria o balde, mas a lembrança de nada lhe serviu. Esteve a pique de gritar. Também esteve a pique de tentar a impossível empresa de subir pelas paredes e até agarrou-se a algumas saliências, esfolando os dedos. Essa ansiedade, no entanto, não se prolongou. Como esgotado, como se tivesse gasto a quantidade disponível de energia e angústia, Martiniano se apaziguou ou se entregou e se deixou levar – a cabeça inclinada, o corpo ainda mais frouxo – por aquele tempo que, simultânea ou alternadamente, enganava-o e o esquecia. E se deixou cair no desapego e na desesperança, estado ao qual não era alheio certo bem-estar indefinível.

O ruído do balde, que descia batendo nas paredes, despertou Martiniano. Por certo, era Josefa. Ergueu os braços, mas não pôde evitar que o balde (o aro de ferro que possuía na base) o ferisse levemente na altura das sobrancelhas. Agarrou com força a corda. Dois fios de sangue lhe correram pelos lados do nariz, alcançando o bigode, a boca. Percebeu que, ao pegar e apertar a corda, retomava algo de si mesmo, começava a recuperar parte do mundo que o poço roubara ou havia cerceado. Três ou quatro vezes passou a língua nos lábios e o gosto do sangue acudiu secretamente em seu auxílio, fez-lhe um favor preciso e anônimo, quase clandestino. Olhou o pequeno círculo do céu (bem mais claro do que antes), que lhe pareceu muito alto, tão alto que ele até se surpreendeu. Respirou fundo, encheu os pulmões com aquele ar pobre e começou a subir. Subia com extrema dificuldade: estava fraco, entorpecido, e a sola escorregadia das botas não se firmava nas pedras. Varias vezes precisou deter-se para descansar e, sobretudo, para respirar. Em nenhum momento pensou que não poderia subir, mas sentia, na medida que subia, maiores ânsias de alcançar o bocal, crescente urgência de voltar ao mundo. Chegou, afinal, à parte em que havia pedras lisas e bem calçadas, ali era ainda mais difícil apoiar as botas. Fez um grande esforço, subiu outro tanto. Ergueu os olhos e a luz do dia o ofuscou. Mais um esforço, outro ainda, um grande esforço final e conseguiu sentar-se no bocal, pestanejando, ofegante.

Subira muito o sol enquanto Martiniano, por assim dizer, havia faltado. A manhã ia já pela metade, estática, gravemente luminosa, era um dia outonal cheio de si mesmo e como bem maduro. No centro do dia e de sua própria solidão, viu Martiniano as casas que eram ou tinham sido suas. O primeiro olhar nada lhe restituiu. Cobriu os olhos com as mãos, encheu e tornou a encher os pulmões, e então olhou, piscando, o rancho, o galpãozinho, o palanque, as árvores... Os únicos seres vivos que avistou foram as galinhas que ciscavam no esterco deixado pelos cavalos do amanhecer. Martiniano olhava e não se achava. E Josefa? E o guri? Quem perguntava era um outro Martiniano, que parecia chegar para juntar-se a ele. Desceu do bocal, com pressa de chegar ao rancho. Pouco faltou para que tropeçasse, metros adiante, no corpo de Correntino, lanceado no costilhar e degolado *a lo cristiano*.

A porta do rancho estava aberta.

Martiniano entrou e encontrou sua mulher sentada no cepo, curvada, o queixo muito próximo dos joelhos, nua e protegendo-se com um cobertor. Sondou-lhe o rosto, os olhos, e compreendeu que muitos homens se haviam revezado em cima dela. E ela não baixava os olhos (vivos e muito humanos, embora sem vontade de expressar coisa alguma, na cara de animal judiado). Olhavam-se em silêncio. E nesse silêncio Martiniano ouviu um soluço no outro lado do tabique de juncos. Abriu a porta de couro com um pontapé. Não no catre pequeno, mas no grande, no conjugal, estava seu filho, encolhido, o rosto oculto entre os braços, chorando baixinho. Martiniano abriu a janela, viu os salpicos de sangue e não precisou ver mais nada para saber que o menino tinha sido castrado. Fechou os olhos, o rosto contraído. Deu meia-volta, abandonou o quarto. Ao passar pela cozinha olhou para Josefa com olhos que pareciam dilatar-se.

Martiniano Ríos chegou ao poço e tirou um balde com água, colocando-o sobre o bocal. O nó da corda na alça do balde estava muito apertado, ele desembainhou o facão e o cortou. Ia guardar novamente o facão, mas desistiu, cravou-o numa greta do travessão e ali o deixou. Com grande cuidado pendurou o balde cheio no gancho de ferro. Depois lançou a corda ao poço e subiu no bocal. Desceu com facilidade, chegando sem demora ao fundo. Decerto nem sentiu a água nas pernas. Sua mão procurou o cabo do revólver, os dedos da outra apalparam o percussor. Apoiou o cotovelo na parede, o cano da arma encostado na fronte. Nem olhou para cima.

Diego Alonso

Diego Alonso saiu de casa, saltou a valeta, cruzou a rua e começou a atravessar o terreno baldio que havia defronte, cabeça erguida, olhos limpos, rosto firme em seu desenho e aberto e também sereno, a boca modulando um assobio baixo, de sossegados ritmos. Era um homem de menos de trinta anos, estatura acima da mediana, pernas longas e torso bem calibrado. Vestia uma calça azul e camisa cor de tijolo. O lenço no pescoço e a faixa na cintura identificavam o filho de um bairro popular, ainda com valões, cavalos e macegas. Levava lisamente penteado o cabelo negro e forte, e uma barba de cinco ou seis dias lhe sombreava o rosto. Caminhava com passos seguros e elásticos, erguendo-se sobre os golpes surdos das alpargatas na terra endurecida pelo longo verão.

No meio do terreno, parou para acender um cigarro. Recomeçou a andar com passos que o fumar, talvez, tornou algo entediados. Nas pausas do cigarro retomava o assobio baixo e monótono, de frouxas modulações. Avançou pelo costado de uma cerca de tunas, esquivou-se do triste caos de uma lixeira e chegou à rua do outro lado, larga, terrosa, plena de lembranças do antigo tempo. À sua esquerda, as luzes do crepúsculo repintavam uma parede rosácea. Ele olhou sem ver essa parede, e as casas humildes, e os ranchos sem janelas. Fumando e assobiando, subiu a rua sem árvores, mas cheia de crianças e cães, rua inocente que parecia preparar-se para receber, como um sacramento, a noite que se aproximava.

As sombras ascendentes já haviam ultrapassado a porta e agora escureciam, acima, o letreiro onde se lia: *Barbearia A Liberal*. O barbeiro interrompeu seu trabalho para levar um fósforo ao lampião. Provou o fio da navalha com a unha do polegar e continuou afeitando o homem de botas que ocupava a única cadeira.

– Na escuridão só há uma coisa que é bem-feita – acabava de dizer, rindo, o ferreiro gordo que esperava a vez. – É ou não é? – insistia, com um largo sorriso estático.

O barbeiro (quarentão de cabelo encanecido e muitas profissões, com vago passado carcerário, com histórias de mulheres, conhecido e respeitado nos antros de jogatina) apenas grunhiu, aprovador, e aproximou mais os olhos do rosto do cliente. Disse, autoritário:

– Não se mexa, Dom Sánchez.

Vivia o dono *d'A Liberal* um dia taciturno e sombrio. Uma carranca contrariada, um ar de inconcreta hostilidade, raros em sua fisionomia nas horas de trabalho, surpreendiam naquele sábado a costumeira clientela. Em alguns momentos, sobretudo em certos gestos profissionais, seu rosto indiático denotava uma dureza rancorosa, uma aspereza quase insolente.

O sorriso do ferreiro foi cicatrizando devagar. O barbeiro trocou a navalha pelo pincel e logo o pincel pela navalha, o homem de botas aproveitou a trégua para espichar os braços e olhar-se furtivamente no espelho. Nem o ruído da barba raspada, nem o zumbido daquelas moscas úmidas, pertinazes e como sonâmbulas que se criam nos povoados em fim de verão, con-

seguiam arranhar o silêncio, e até pareciam inscrever-se ou instalar-se nele, marcando-o com sinais de vida e dando-lhe uma presença completa, atuante.
– *Buenas* – disse Diego Alonso, entrando.

Dirigiu curto aceno para o lado da cadeira (sem perceber, no espelho, os olhos bruscamente dilatados do barbeiro), olhou o relógio de parede, apertou a mão do ferreiro e foi sentar-se num banco perto do cabide. A contida energia de seus movimentos transformou-se logo numa espécie de abandono, de curtida paciência. Apoiou os cotovelos nos joelhos, baixou a cabeça – calando assim o ferreiro, antes que começasse a tagarelar – e assim ficou, absorto, na contemplação de suas alpargatas brancas.

O barbeiro, porém, tinha interrompido seu trabalho, e de frente para Diego Alonso o encarava duramente, mantendo no alto, como se fosse lançá-la, ou esquecido de que a empunhava, a navalha cheia de sabão. Com algum sentido sem nome, Alonso percebeu o longo, continuado impacto daqueles olhos, e ergueu os seus. No seu rosto desenhou-se o espanto, no do barbeiro terminou de compor-se o ódio. Quase ao mesmo tempo, a voz do último, cortante e muito mais aguda do que de ordinário, quebrou o silêncio:
– E ainda tens coragem!

Sem dissimular o assombro, Alonso contraiu o rosto num esforço para compreender.
– Quê?
– Ainda te animas a vir aqui – gritou o barbeiro.

Largou a navalha no balcão, avançou até o centro do salão e ali plantou-se, numa expectante e desarticulada atitude de peleia. O homem de botas, com uma das faces e o pescoço cobertos de espuma, virou-se na cadeira, atônito. Diego Alonso continuou imóvel no banco, pálido, tenso, perplexo. O olhar vivaz e pueril do ferreiro questionava alternadamente, com uma urgência medrosa, os dois homens que se defrontavam. O barbeiro moveu os lábios grossos como se fosse falar, mas não emitiu som algum. A voz de Alonso era insegura:

– Mas... qual é o problema?
– Ah, não sabes?
– Não, não sei.
– Com quem pensas que vais dormir hoje de noite? Me diz: com quem?

Alonso ergueu-se. Tinha compreendido e recuperava sua habitual segurança. A voz dele se fez mais nítida, quase um desafio.

– Tens alguma coisa a ver com isso? Por acaso a mulher é tua?

– Não, não é, mas tenho muito a ver – respondeu o barbeiro, rouco, e levou a mão direita com o dedo em riste. – Não te esquece disso!

– Pior pra ti – retrucou Alonso, encaminhando-se para a porta.

Mas o barbeiro, com a boca ainda aberta, as mãos em posição de ataque, barrou-lhe a saída. Alonso cerrou os punhos e avançou um passo. O outro encolheu-se um pouco e de imediato se aprumou, luzindo em sua mão o punhal curto e fino que sempre trazia na cintura.

– Agora te mostro o que é que eu tenho a ver – e deu a primeira punhalada.

Alonso esquivou-se por centímetros e recuou. Embora lhe fosse bem presente que não trazia sua faca – e chegasse até a pensá-la, a *vê-la* embainhada, na gaveta da distante mesinha de cabeceira –, tateou e tateou de novo a faixa. Muito pálido, recuou mais um passo até encostar-se na parede.

– Droga – murmurou, entre dentes. – E me pega desarmado.

O homem de botas, na cadeira, buscava com os olhos uma toalha, um pano, um trapo qualquer para limpar a espuma, buscava desesperadamente, como se lhe fosse vedado intervir ou pôr-se a salvo enquanto lhe restasse no rosto um pingo de sabão. O ferreiro, como por milagre, já se encontrava no meio da rua.

– Me pega desarmado – repetia Alonso, fixado na frase.

Rosto tenso, trêmulo, punhal imóvel rebrilhando à luz do lampião, o barbeiro dominava o salão.

– Agora vou te mostrar – insistiu, com um furor já repleto de cálculo e crueldade.

Alonso, encurralado, olhava para o punhal. A mão que o esgrimia era grande, morena, de pele esticada, articulações nodosas, sem veias no dorso. Gelada, mas viva, inexorável, a curta folha de aço se aproximou pausadamente, com a ponta para baixo. Logo girou e ergueu-se, rapidíssima, relampejando em busca de seu peito. Alonso tornou a saltar, esquivando-se outra vez por muito pouco. Como ausente de si mesmo e restrito a instintos, preciso e vertiginoso, agarrou o banco em que estivera sentado e, já na véspera de outra punhalada, descarregou-o no barbeiro. Este defendeu-se com os braços e recuou, cambaleando, sem soltar o punhal. Alonso conseguiu alcançar a porta.

A rua suburbana, que pouco antes pertencia às crianças, aos cachorros e às manchas crepusculares, estava agora imersa numa atmosfera liberta e noturnal que sabia a campo e cavalhadas. Diego Alonso, comprido de pernas, corria na direção de sua casa. O barbeiro o perseguia, proferindo injúrias. Duas quadras adiante, muito atrasado, desistiu da perseguição. Viu o fugitivo desaparecer atrás da cerca de tunas e regressou lentamente à barbearia, virando a cabeça a cada poucos passos, o punhal sempre na mão.

❖ ❖ ❖

Ainda restava uma claridade tranquila e tardia na janela de vidros sujos, retângulo de luz diurna que ali morria sem luta e cujo gris poeirento mostrava a peça numa quietude abandonada, íntima e também vagamente defendida.

Diego Alonso deu duas voltas na chave e encostou-se na porta, de frente para seus escassos, velhos móveis, rodeado de trastes familiares que ele mesmo arrumara ou desarrumara. "Que merda", disse em voz alta, entre arquejos, e permaneceu vários minutos como escutando os batimentos de seu coração no silêncio da peça. Depois fechou e trancou o postigo da janela e se aproximou do canto em que estavam a cama e a mesa de cabeceira. Sem saber bem o que fazia, lascou um fósforo e, ao encostá-lo no pavio da vela, surpreendeu-se ao ver que sua mão tremia. Esperou que a vela ardesse, apagou o fósforo e deixou-se cair na cama.

Enquanto o ritmo do coração diminuía, sedimentava-se em Alonso a sensação humilhante de ter sido usado e vexado por acontecimentos inesperados e demasiado vivos, por "coisas que não deviam acontecer", segundo disse consigo. Ao mesmo tempo – e veloz e confusamente, e já com certa perspectiva da lembrança –, via de novo o punhal, a cara do barbeiro, o banco erguido, a mão grande e morena e de pele esticada, as apertadas paredes do salão, o rastro do punhal no ar... Com amargura, via-se dando saltos desesperados, manoteando, dando com o banco, fugindo... "Que merda", repetiu, sublinhando as palavras com uma raiva consciente. Era a raiva de ter sido surpreendido e, sobretudo, envolvido pelos fatos, sem que pudesse pôr em ação a coragem de que se sabia capaz. "Mas que coisa!", disse. E por que aquilo tivera de acontecer? Ah, se tivesse sabido. E sentiu-se miserável, miserável como não se sentia desde a adolescência, embora sentisse também que essa miséria não era sua, antes uma decorrência dos fatos. Deixara-se envolver numa situação implacável, absurda e pérfida. "Puta que o pariu", exclamava. Mas compreendia que o essencial, o seu, não fora tocado, e que a raiz da coragem também continuava intacta. Olhou para a vela (cuja luz centralizava a intimidade da peça), estirou-se na cama e, quase calmo, começou a pensar no incidente, a buscar suas possíveis causas. Rapidamente, recordou e relacionou alusões não entendidas, circunstâncias que não levara em conta. Teria a mulher tentado avisá-lo? O que se passara entre ela e o barbeiro? Seria ela um pouco culpada? "Não, ela não tem culpa", afirmou para si mesmo. E ao pensar naquela mulher que possuía olhos de quem recém despertara, e cadeiras largas e planas – mulher que havia sido, durante muitos dias, a forma exata do desejo –, notou em sua carne que quase não a desejava. Fechou os olhos e tratou de pensá-la com o corpo, de evocá-la direta e puramente em sua condição de fêmea, mas a carne continuou sem responder... Entre o homem que meditava abandonado na cama e o homem que horas antes, inteiro, firme no tempo, estava chegando ao encontro marcado e à promessa da noite, existia, como inimiga, uma distância cheia de coisas perdidas e fora de lugar, de coisas a retificar e, sobretudo, a recuperar. Então sentiu pena, vasta e aguda pena por isso e por tudo: pelos insensatos minutos vividos, pelo barbeiro, pela mulher, pelo seu desejo quase morto, por ele mesmo correndo como um menino assustado pela rua suburbana. Moveu as mãos num leve gesto de rechaço e, deixando a cama, começou a andar de um lado para outro.

Quatro passos até a porta, quatro passos até a parede do fundo... As alpargatas brancas, indo e vindo, golpeavam sem vigor o piso de tábuas frouxas. E cada passo, cada indistinto e leve golpe, parecia ir alentando em Diego Alonso a necessidade de recuperar o perdido, de reconquistar o que garantia nele mesmo e no tempo o homem que ele era durante a tarde. Deteve-se frente à porta fechada e pensou no homem com seu corpo que, ao entardecer, fumando e assobiando, avançara pela rua sossegada. Pensou nele como em outro, como numa pessoa querida que já não existia ou que estava longe, muito longe. Por um momento ainda, ficou olhando como através da porta. Apertou os punhos, os lábios, apalpou a faixa na cintura e recomeçou a caminhar de um lado para outro. Sim, tinha de tornar a ser o que fora naquela tarde, naquele dia, naquele ano, o que havia sido sempre desde o dia ou minuto já esquecido em que de uma vez por todas descobrira quem era. Tinha de refazer-se, ou ao menos tentar. E podia, pois a raiz da coragem estava intocada. Quatro passos até a porta, quatro passos até a parede do fundo... Seus pés golpeavam agora com mais decisão as tábuas trêmulas do assoalho. Finalmente, fez aquilo que, desde longo tempo – talvez desde que entrara em seu quarto –, sabia que de algum modo iria fazer: abriu a gaveta da mesinha de cabeceira e agarrou a faca.

❖ ❖ ❖

Ao entrar novamente n'*A Liberal*, com a faca escondida na faixa, Diego Alonso não deixou de observar no espelho os olhos do barbeiro, que se dilataram. Outro cliente, a cara irreconhecível sob a espuma e o pincel, ocupava a única cadeira. Um desconhecido de aspecto enfermiço e roupa escura esperava a vez.

Alonso sentou-se no mesmo banco de antes, que estava com uma perna torta e o assento arranhado. O silêncio da barbearia, sem o zumbido das moscas já adormecidas, era liso e quieto, inquebrantável. Na parede, o relógio roía o tempo, seu tique-taque incidindo limpa e delicadamente no silêncio e tornando-o como perfeito. Distantes, quase irreais dentro da noite, chegavam gritos de crianças. O lampião fumegava um pouco.

O barbeiro largou o pincel e, circunspecto, profissional, começou a passar a navalha. Uma mariposa noturna esbarrou no tubo do lampião.

– Pensei que ia encontrar a barbearia fechada – ressoou de repente a voz descolorida e nasal do homem que estava na cadeira. – Pobre do compadre Atanásio. Imagine só, morrendo e...

– No sábado fecho mais tarde – interrompeu-o com voz severa o barbeiro. – Fique quieto – ordenou, erguendo a navalha e espiando o imóvel Diego Alonso pelo espelho.

O desconhecido de aspecto enfermiço fechou um palheirinho delgado e começou a fumar com movimentos duros. Apertava bem a boca depois de aspirar a fumaça e a expelia pelo nariz, em dois sopros verticais, como a respiração dos cavalos no inverno. Alonso olhava para o chão, para suas alpargatas, para o indiferente homem de roupa escura, para a fumaça do lampião. Via os ombros e a nuca do homem que era afeitado e, sem olhar diretamente, via o barbeiro. Ouvia a marcha do relógio, algum grito solto e longínquo, latidos, o levíssimo ruído da navalha, e sentia a palpitação de seu próprio sangue.

– Pronto – disse o barbeiro.

O homem se olhou no espelho e pagou.

– E amanhã já estarei barbudo – murmurou, sem dirigir-se a ninguém. – As noites de velório apressam muito a barba.

Nenhum dos outros demonstrou ter ouvido.

– Sirva-se – disse o barbeiro.

O homem recebeu o troco, cumprimentou com timidez e saiu. O desconhecido ocupou a cadeira.

– Barba – disse. – Uma só passada.

O barbeiro começou a ensaboá-lo.

O relógio avançava sobre o tempo. Seu tique-taque encarniçado aniquilava os segundos, demolia e consumia os minutos. Era um pequeno, insaciável monstro comendo o tempo, engolindo-o e expelindo-o, como essas minhocas que avançam devorando seu caminho na terra. Alonso olhava para o chão, para as alpargatas, para a bagana fumegante que o homem de preto deixara cair. Via mover-se e trabalhar o barbeiro e sentia nas têmporas e nos pulsos a corrida de seu sangue. A navalha não produzia ruído algum ao cortar a barba, decerto escassa e fraca, do enfermiço forasteiro.

A bagana deixou de fumegar. Pouco a pouco aumentava o número de mariposas noturnas que batiam no tubo do lampião. O incessante tique-taque trabalhava habilmente a superfície lisa do silêncio. Alonso tinha vontade de fumar, mas não o fazia.

– Pronto – disse o barbeiro.

Alonso e o barbeiro ficaram sozinhos. Ao lado da cadeira, o barbeiro dobrava uma toalha e punha naquilo um cuidado desmedido. Seus olhos de vidro negro, muito próximos entre si, espiavam não o rosto de Alonso, antes a atmosfera em que se inscrevia a cabeça imóvel do homem sentado. Este, em troca, mantinha seu olhar diretamente no rosto e nos olhos do outro. Meio minuto, quem sabe, assim. Depois o barbeiro guardou a toalha, que talvez tenha sido aquela que com maior esmero dobrou em sua vida. Alonso ergueu-se e, muito pálido, o rosto como nublado e endurecido pela vontade de guapear, avançou e ocupou a cadeira.

– Faz a minha barba – disse, com voz clara e fria.

Fechou os olhos e apoiou a nuca. O barbeiro o olhou quase como olhava o fio da navalha para descobrir alguma mossa e, em seguida, gravemente, agarrou o pincel. Muito séria e fechada a cara meio indiática, brilhantes e contidos os olhos muito próximos entre si, estrito e preciso em seus movimentos, cobriu de espuma a barba do homem que tentara apunhalar. Anos de ofício, centenas e centenas de barbas ensaboadas pareciam convergir naquela precisão muito ritual. Abandonou o pincel e, com maior gravidade ainda, pegou e ergueu a navalha. A afiadíssima folha de aço rebrilhou na luz do lampião, empunhada pela mão enorme, morena, de articulações nodosas, sem veias no dorso. Diego Alonso não abriu os olhos.

A navalha começou seu caminho ao lado da orelha, desceu pela face, chegou até o osso da mandíbula, deteve-se... O barbeiro limpou-a e passou-a no alisador. Ela rebrilhou de novo, aproximou-se do rosto de Alonso e continuou afeitando em volta do queixo. Produzia um leve ruído, áspero e seco. Tornou a deter-se, tornou a rebrilhar depois de limpa e, mudando o ângulo de seu fio, baixou até o pomo-de-adão, desviou-se, afeitou um lado da garganta. Os movimentos do barbeiro tornavam-se ainda mais refreados, profissionais e mais lindeiros do ritual do que quando manejava o pincel. Rebrilhou a navalha, começou seu caminho ao lado da outra orelha, desceu pela face, repetiu toda a operação. Diego Alonso respirava pelo nariz, compassada e audivelmente, com muito de quem dorme. Fio para cima, a navalha foi do queixo ao lábio inferior, afeitou os cantos da boca, saltou, limpou o espaço do bigode, terminando por descobrir um rosto duro no qual os olhos fechados difundiam hermetismo.

– Pronto – teve de chamar o barbeiro.

Alonso abriu os olhos, fitou-o e disse:

– Outra passada.

– Em contra?

– Sim.

De novo fechou Alonso os olhos e de novo o pincel o mascarou de espuma. E a rápida e cintilante navalha, com breves interrupções, recorreu o contrapelo de sua face, costeou o osso da mandíbula, afeitou os costados do queixo, saltou para o lábio superior. Quase de ponta, buscou e limpou os troncos do pescoço, o pomo-de-adão, a garganta.

– Pronto – voltou a chamar o barbeiro.

Alonso abriu os olhos e endireitou-se na cadeira. O espelho devolveu-lhe um rosto bem barbeado, pálido, bem afirmado em seu desenho. O barbeiro, um pouco afastado, demorava-se secando o pincel e a navalha. Alonso o fitou por momentos. Reacomodou o frouxo lenço que trazia no pescoço, abandonou a cadeira, largou algumas moedas no balcão e saiu da barbearia. O barbeiro apressou-se atrás dele, mas não foi além da porta.

A rua suburbana estava cheia de noite, de uma noite recente e agreste, sem lua e como deitada boca abaixo, de costas para o alto e estrelado céu de verão. Débeis lampiões subiam em perspectiva rumo ao centro do povoado, outras luzes indolentes desciam e iam dessorando até perder-se na direção do campo.

Diego Alonso, comprido de pernas, dono de passos seguros e elásticos, saiu andando rua acima. Caminhava com seu caminhar de sempre, sem pressa, erguendo-se sobre os golpes surdos da alpargatas na terra endurecida. O primeiro lampião o iluminou. Perto da esquina, já na luz do segundo lampião, retomou o assobio baixo e monótono, de sossegados ritmos. Devia, quem sabe, dobrar à direita, mas não o fez, seguiu em frente pela rua que subia. Outro lampião o denunciou, já menos nitidamente.

Da porta d'*A Liberal*, inclinando-se para enxergar melhor, o barbeiro via Diego Alonso afastar-se. E já não o via, apenas o adivinhava. Inclinou-se mais, quietos os olhos como pedras negras. Outro lampião por momentos descortinou o vulto do homem que se afastava. O barbeiro continuou olhando, obstinadamente. Um lampião distante mostrou-lhe uma sombra que talvez fosse Diego Alonso. Continuou olhando... E quando era de todo impossível vê-lo, e quando o soube também fora do alcance de sua voz, voltou-se, entrou na barbearia e fechou a porta com um golpe seco e exagerado.

Lua de outubro

A espaçosa sala de jantar da estância Alvorada tinha móveis altos e escuros, um grande relógio de peças de bronze, uma lareira cujo consolo exibia troféus de exposições de gado e quadros a óleo onde lebres e perdizes mortas, penduradas pelas patas, pareciam continuar morrendo interminavelmente ou estar fixadas numa morte intemporal. Era iluminada por um lampião de querosene suspenso no teto e um candelabro de três velas sobre uma trípode de ferro. Estavam ali quatro pessoas: o dono da casa, Dom Marcial Lopes, sua esposa, Dona Leonor, um dos filhos do casal e um visitante que se chamava Pedro Arzábal. Tinham acabado de jantar e permaneciam à mesa.

Dom Marcial e o visitante se demoravam numa conversação a que não faltavam charutos de tabaco havano e uma garrafa de conhaque francês. O filho dos Lopes, rapaz de nome igual ao do pai e do defunto avô, e que chamavam Marcial *chico*, não fumava, não bebia e só de vez em quando dizia alguma coisa. Dona Leonor, olhos quietos, cabelo preso e negro, com fios brancos, mãos repletas de anéis, mantinha-se em silêncio. Talvez julgasse impertinente, ou impróprio para mulheres, intervir numa troca de ideias cujo tema era a reprodução do gado bovino e durante a qual, por exemplo, seu marido dizia: "Entoure em potreiros grandes. O touro mais macho, que mais persegue e que vai emprenhar mais vacas, esse é o melhor touro, o melhor pai".

Pedro Arzábal, que administrava havia poucos meses uma estância vizinha e pela primeira vez era recebido pelos Lopes, escutava com interesse as palavras de um homem quase velho e com larga experiência na criação de vacuns, como era o caso de seu anfitrião. O relógio ia desenredando com parcimônia um tempo que era simultaneamente tempo de conversa e tempo de estância.

Fora da sala, cuja porta para a varanda estava aberta de par em par, crescia e maturava uma noite de primavera e lua cheia, plenilúnio de outubro. Embora límpida, era uma noite como socavada por rajadas de um insidioso vento norte, de baforadas quase quentes, tormentoso ou arauto de tormentas, que rescendia a suor noturno de carqueja e de trevais. A lua, no começo enorme e com tonalidades de vermelho-sangue, erguera-se como um ser vivo das coxilhas fronteiriças, brasileiras, e agora seu círculo perfeito, menor, já restituído à sua cor da prata albina, alcançava a altura das agudas pontas triangulares do gradil que separava o pátio interno do quintal, e sua luz se espalhava com uma minúcia que dir-se-ia deliberada sobre as laranjeiras, a fronde do jasmineiro paraguaio, o silencioso tumulto das samambaias, o bocal do poço, as duas palmeiras anãs e as lanceoladas, rígidas, brilhantes folhas da magnólia a ponto de florescer.

Todos os que vivem ou já viveram no campo sabem que, em noites assim, as luzes dos homens atraem grande quantidade de insetos voadores. Aquela noite não era diferente: rondando a luz do lampião e fazendo tremer a chama das velas, batendo no tubo do vidro e no quebra-luz do lampião e pousando em sua barroca urdidura de arabescos metálicos, tombando às vezes com as asas chamuscadas e voejando outras vezes rente à toalha, chocando-se contra copos, cálices, jarras, saleiro e garrafas, havia exemplares que eram como vivas e impertinentes ilustrações de um manual de Entomologia ("A lua cheia e o vento norte deixaram a bicharada bem cargosa", comentou em certo momento Dom Marcial. E Dona Leonor murmurou, sem dirigir-se a ninguém: "Devíamos ter fechado a porta"). Além das indefectíveis moscas domésticas e dos pontuais cascudos, compareciam diferentes variedades de mariposas, muitos gafanhotos, alguns isópteros ventrudos e zumbidores, numerosas efêmeras, uma meia dúzia de libélulas de compridos abdomens e asas como de mica, duas ou três bonitas joaninhas... E podia ver-se também, aparecendo já parado, como num pedestal, sobre a laranja na fruteira de vime – e logo desaparecendo sem que ninguém o visse partir –, um elegante, espigado, belíssimo mantídeo religioso, o conhecido *mamboretá*, voraz carniceiro, caçador de hábitos diurnos, mas que não despreza uma noite clara, inseto de mais do que tigresca ferocidade, que por sua postura alerta que semelha um crente orando é chamado comumente *louva-a-deus* ou *o profeta*, e cuja fêmea quase sempre assassina e devora o macho após a cópula.

 Pedro Arzábal viu Dona Leonor servir um prato a mais, das quatro travessas trazidas da cozinha por uma mulata de carapinha mais branca do que gris. Aqueles pratos com comida fria, cobertos por um guardanapo engomado, estavam à espera na cabeceira da mesa. Arzábal conjeturava sobre quem seria o comensal atrasado e, ao mesmo tempo, adivinhava a resposta. Sabia, como sempre se sabe dessas coisas no pago, que o casal Lopes tinha três filhos: o jovem de perfil achatado e grosso bigode preto sentado à sua direita, outro varão que vivia em outra estância, e uma mulher, a primogênita, com o mesmo nome da mãe e a quem chamavam *niña* Leonor. Por certo, pensava o visitante, era ela a comensal retardatária.

Da *niña* Leonor contava a vizinhança que, na puberdade, fora enviada a um colégio de freiras em Montevidéu, e que regressara (ou fora obrigada a tanto) dois ou três anos depois, em circunstâncias jamais esclarecidas. Muitos – as mulheres, sobretudo – asseguravam que voltara grávida e estava criando um menino secreto. Outros diziam que havia contraído uma doença incurável, ou que estava endemoniada, ou que simplesmente era biruta ou lunática. Outros, decididamente, opinavam que a cidade grande e o exagerado *catolismo*, talvez um homem – ou a falta de um homem, discrepavam alguns –, tinham-na levado à demência ou à semidemência. Era verdade que ela jamais saía das casas, que nenhuma carta em seu nome era entregue no bolicho da estrada e que ela parecia evitar que a vissem os peões muito de perto. Verdade também que se vestia de modo estranho e que certo dia alguém a vira querer despir-se na chuva em pleno pátio. E que ninguém podia dizer, sem mentir, que com ela tivesse falado nos últimos anos. Era, sem dúvida, a mulher mais controvertida da região, mas havia algo em que todos, até os que a conheciam só de ouvir falar, estavam de acordo: sua beleza, "sua estampa de fêmea perfeita", segundo ouvira Arzábal de um estancieiro biscainho, amigo de Dom Marcial.

Várias vezes, na tarde daquele dia (quando o trote do alazão o aproximava das casas da Alvorada e seus olhos davam com as árvores, os tetos de telhas marselhesas e, quase ao lado do caminho, o jazigo da família, e quando recorria depois, com Dom Marcial e Marcial *chico*, os piquetes dos tourinhos, e quando mateava ao entardecer com pai e filho, sentados os três em fardos de alfafa no galpão dos touros estabulados, e mais insistentemente ainda após aceitar o convite de Dom Marcial para jantar e pousar na estância – "Fique até amanhã, não é bom andar à noite sem necessidade")... várias vezes Pedro Arzábal havia pensado na primogênita dos Lopes e não evitara as vozes ligeiramente malsãs da curiosidade, os desejos abstratamente voluptuosos de conhecê-la. Homem de trinta e poucos anos, era desde sempre – desde a adolescência num povoado do sul, onde as sestas dos patrões favoreciam a caça às criadinhas, onde as chinocas entravam no cio do mesmo jeito que as cadelas e as prostitutas usavam vestidos de panos brilhosos – um macho alerta, inquieto com as mulheres.

E agora aqueles pratos à espera...

– *Bueno* – respondeu em dado instante a Dom Marcial, que oferecia mais conhaque.

Ao mesmo tempo algo o fez pensar de novo, vivamente, na mulher cuja figura nunca vista já o assediava como os insetos assediavam o lampião e a chama das velas: ao oferecer o cálice para Dom Marcial servir, ouviu abrir-se a porta que dava para um corredor lateral e viu entrar na sala alguém que só podia ser ela.

Era alta, vestia roupa escura. Entrou silenciosamente e se deteve. Nem Dom Marcial nem Marcial *chico* deram mostras de tê-la visto, e Dona Leonor, sem olhar para ela, estendeu o braço e retirou o guardanapo que cobria os pratos. Houve um silêncio breve, mas bem marcado, e Arzábal compreendeu que também ele devia proceder como se não a tivesse visto.

Dom Marcial encheu o cálice do hóspede e disse:

– É um velho costume botar os touros no rodeio a primeiro de novembro. Mas como é preciso cuidar muito nos primeiros dias, e no meu estabelecimento, por respeito aos finados, nunca se trabalha no dia dois, sempre boto no dia três... e não espero os primeiros terneiros antes de cinco de agosto.

Essa frase, dita como reiniciando a conversação por qualquer ideia solta, soou como o estatuto da ordem tácita de ignorar a recém-chegada.

Arzábal aprovou com a cabeça e, querendo confirmar, disse o que primeiro lhe ocorreu:

– O problema é que nunca se sabe se o tempo vai favorecer as parições.

Dom Marcial sorriu apenas, complacente:

– Alguma coisa pode-se saber, amigo. Veja a cor das azedinhas na rebrotação dos cardos.

– E o pelecho dos potrilhos do outono – acrescentou Marcial *chico*, com um sorriso mais aberto.

– É possível – disse Arzábal, e recordou, em matéria de previsões, uma frase ouvida de lavradores canários[*] numa província do sul: "Ano de pulgas, ano de trigo".

Niña Leonor não se movia, iluminada, peito acima, mais pelas intranquilas e vivas velas do que pela luz preguiçosa do lampião. Sua tez era talvez olivácea, e escuríssima e comprida a revolta cabeleira. Tinha ou adquiria algo de estátua, acentuada tal sugestão pelo rosto parado e pela largueza e simplicidade de suas roupas singulares, combinação de um poncho com o hábito de alguma ordem religiosa. Seus olhos intensos e, ainda assim, meio perdidos – ou como alheios ou dispensados da função de olhar –, pareciam ir reconhecendo pouco a pouco, laboriosamente, o que havia na sala. Mantinha a boca, grande e úmida, ligeiramente aberta. Estava parada justamente debaixo

---

[*] Das Ilhas Canárias. No Uruguai, sobretudo nos departamentos do sul – Canelones, San José –, os imigrantes canários foram pioneiros na atividade agrícola. (N.T.)

de um dos quadros, onde as lebres e as perdizes penduradas pelas patas seguiam morrendo interminavelmente. Uma mariposa esvoaçava ao redor de sua cabeça. Arzábal bebeu um gole de conhaque e, por cima do cálice, observou-a como quem espiasse. Disse consigo que em nada se enganavam aqueles que, com diferentes palavras, insistiam no que dissera o estancieiro espanhol: uma estampa de fêmea perfeita.

Dom Marcial enumerava problemas e tarefas inerentes à parição das vacas, ao passo que Dona Leonor, com o mesmo guardanapo que cobrira os pratos, afugentava as moscas que tentavam sentar na comida. A propósito de uma pergunta de Arzábal, Marcial *chico* começou a discorrer sobre o cruzamento de raças bovinas. Arzábal tomou outro gole e espiou de novo a *niña* Leonor. Adivinhou e quase viu até, sob as dobras do tecido escuro, as formas de um corpo firme e macio, e notou ou intuiu nos olhos dela, com leve fascinação e nem tão leve inquietação, um não olhar próprio da solidão sem portas ou janelas dos dementes.

Marcial *chico*, subitamente loquaz, relacionava as vantagens e inconveniências dos animais mestiços, Dom Marcial fumava em silêncio e bebia vagarosamente seu conhaque, Dona Leonor de quando em quando agitava o guardanapo, Arzábal fazia mais perguntas, e a *niña* Leonor, lentamente, aproximava-se da comprida mesa, sentava-se à cabeceira desocupada, de frente para o pai, à direita da mãe, à esquerda do visitante. Sua atitude era a de animal caçador atraído pela presa, com vacilações de gato selvagem que se aventura ao lugar da carneação. Vinha, era evidente, de outras coordenadas, outros sistemas, e a presença do desconhecido, provavelmente, tinha muito a ver com sua cautela ou seu receio.

Dona Leonor empurrou os quatro pratos na direção da filha, que começou a comer vorazmente, sem erguer os olhos. Agora Arzábal não podia olhar, teria de voltar o rosto, um movimento indisfarçável. Mas de algum modo a sentia, registrava-a ali à sua esquerda, a menos de três passos, comendo com uma fome saudável e urgente, com muito de animal que devora outro animal, que devora ensimesmado em seu devorar.

Em questão de minutos, desordenadamente, *niña* Leonor engoliu sua comida, entreverando tudo, a galinha com arroz e o assado de ovelha com farinha, grandes bocadas na omeleta e rápidas colheradas no creme de cacau com cerejas bêbadas. Depois petrificou-se, muito séria, um tanto frouxa a formosa boca, as mãos – de compridos dedos reluzindo a gordura e unhas roídas – descansando na toalha, os olhos de íntimo brilho fitando o nada e como enfatizando o pequeno (e talvez vastíssimo) mundo fechado de sua insânia.

A mulata velha apareceu sem que ninguém tivesse chamado e, batendo as chinelas, recolheu os pratos vazios. Dona Leonor suspirou profundamente, desejou boa noite a Arzábal e abandonou a sala pela porta do corredor. Dom Marcial corrigiu (erradamente, pensou Arzábal) algumas considerações do filho e serviu mais conhaque em seu cálice e no do visitante. Arzábal comentou que, lá nos campos fronteiriços, sua preocupação maior não era a conformação, mas o desempenho e a resistência dos animais. Pouco depois *niña* Leonor ergueu-se e, tão silenciosamente como entrara (calçava alpargatas, por certo), retirou-se da sala pela porta que se abria para a varanda. Passou a curta distância de Arzábal, que sentiu nos ombros o ar deslocado pelo corpo dela, pela ampla, flutuante vestimenta, e até acreditou perceber o cheiro confidencial e solicitante, quase de exigência, da mulher que saía.

A conversação entre os três homens prolongou-se por uma hora mais e, pouco a pouco, foi perdendo o vigor. Dom Marcial a finalizou:

– *Bueno*, já é tarde, hora de dormir – e dirigindo-se ao filho: – Acompanha o amigo até o quarto de hóspedes.

– Até amanhã – disseram ao mesmo tempo o velho estancieiro do norte e o homem do sul.

– Durma bem, vizinho – acrescentou o velho.

– Igualmente – disse Arzábal, com um ligeiro cumprimento de cabeça.

– Vem comigo, Pedro – disse Marcial *chico*.

Seguido por Arzábal, saiu pela varanda para um pátio como pendurado na lua, naquela poderosa lua de outubro que já estava muito acima das pontas de lança do gradil.

– Por aqui, o quarto fica do outro lado – tornou Marcial *chico*.

E naquele exato momento, Arzábal viu a filha dos Lopes perto do tronco da magnólia, fora das sombras das laranjeiras, não longe do bocal do poço, imóvel sob a luz minuciosa que parecia encharcá-la de chuva e ao mesmo tempo reverberava delicadamente em seu rosto e seus cabelos. E quando, sem querer ou contra a vontade, entreparou para contemplá-la, ela emitiu um mugido pungente, uma imitação perfeita do mugido mais triste e suplicante de uma vaca. Arzábal fez como se nada tivesse visto ou ouvido e continuou caminhando um pouco atrás de Marcial *chico*. Nem meia dúzia de passos tinha dado quando ouviu novamente, às suas costas, o mugido alongando-se.

Os dois homens ultrapassaram um portão de ferro que rangeu e saíram para o quintal. A noite ali era mais noite e, por assim dizer, mais lunar. Também era mais audível o trabalho do vento nos ramos mais altos de algumas árvores. Marcial *chico*, decerto, julgou que devia uma explicação:

– Está meio louquinha, a pobre. Lua cheia, vento norte...

Arzábal nada comentou.

❖ ❖ ❖

O quarto de hóspedes era separado do núcleo das casas, a muitos metros do galpão de esquila e das dependências dos peões e próximo de um poço artesiano e do catavento. Vizinhava em diagonal com um galpãozinho quadrado e tinha um pequeno telhado sobre a soleira da porta. Marcial *chico* abriu essa porta e, entrando na frente, lascou um fósforo e acendeu a vela na mesa de cabeceira, num castiçal de bronze. Arzábal sentiu o cheiro de lugar fechado e de limpeza.

Era um quarto pequeno, paredes de tijolos à vista, caiadas, piso de lajotas vermelhas. Além da cama e da mesinha, havia ali duas cadeiras de reto e alto encosto de couro e uma cômoda de madeira envernizada, com tampo de mármore gris e um espelho oval. O ar era um tanto úmido e mais frio do que o de fora, com aquela impessoalidade que costumam ter os quartos pouco ou anonimamente ocupados. O rapaz abriu a janela que dava diretamente para o campo, para o potreiro dos cavalos que seriam encilhados pela manhã, e retornou à porta.

– Amanhã te acordo com o mate. Dorme bem.

Arzábal, inaugurando o bem-estar de ficar só, tirou a campeira e pendurou-a numa das cadeiras. Tirou o cinto com o revólver – cinco balas no tambor – e o colocou sobre a cômoda. Viu seu rosto no espelho e não se desgostou com o que viu. Sentia-se bem, embora um tanto cansado, e estava satisfeito com o que fizera e vira durante a jornada. Olhou-se ainda uma vez no espelho, em seguida saiu do quarto e contemplou a noite, a lua tão perfeita. Esteve a ouvir o catavento, do qual as rajadas ventosas arrancavam queixumes de alma penada e, vez por outra, chiados ásperos, dentados. Ouviu também, desde sua esquerda, para os lados da estrada e do jazigo, gritos e pios de corujas, e algures um latido solto e sem dono e um bramido sonâmbulo de touro. Viu que a estância toda dormia, à margem dos ruídos e dos sons, numa espécie de eternidade, para a qual muito colaborava a atmosfera de irrealidade que sempre provém da luz da lua: uma eternidade terrestre e emprestada que ele pôde sentir, ou sentiu remotamente, como promessa cifrada de negação de toda morte. Tinha bebido vários cálices de conhaque, e o álcool acendia pequenas e inquietas labaredas no seu sangue. Andou alguns passos olhando para a lua, distanciando-se das casas, deteve-se num alambrado de cujos fios viam-se apenas brilhos opacos. Encostado num dos moirões, respirou profunda e deliberadamente o ar que cheirava a trevos e um pouco a tormenta e mais a distâncias de campo aberto. Continuava sentindo-se bem, muito de acordo consigo mesmo, com o crepitar e as travessuras do conhaque em seu corpo, apesar do ligeiro cansaço. Via agora, potreiro adentro, grandes sombras de animais pastando e pensou que entre elas estaria seu alazão, e sentiu pelo cavalo uma ternura vaga, um impulso de carinho, uma vontade algo inconcreta de dar-lhe um tapa nas ancas. Ao cabo de minutos, andou em sentido contrário, parou na quina do galpãozinho e contra ela urinou longamente. Enquanto o fazia, pensou que naquele galpãozinho, com certeza, eram guardadas velhas armas, móveis em desuso, esporas, rebenques de defuntos... Olhou depois para as edificações principais da estância. Talvez tenha percebido que a grande casa em forma de U não parecia coisa feita, mas criada, como parecem, em certos dias cinzentos, mais ainda em noites de lua, as estâncias solitárias como ilhas, em campos que parecem mares. E inevitavelmente imaginou, em algum lugar do casarão, *niña* Leonor talvez adormecida, talvez desperta, com a insônia da loucura, despojando-se da indumentária quase religiosa, desnudando o corpo admirável, feito para um homem – seguramente um quarto escondido e de teto altíssimo, com paredes mofadas, com móveis sem espelhos, um quarto talvez com ratos mostrando o focinho pelas brechas do assoalho, com manchas de umidade nas paredes e o forro desenhando monstros e figuras lúbricas –, desnudando o corpo perfeito para deitá-lo... mulher sem macho, fêmea desperdiçada... numa cama estreita, desolada, silenciosa, talvez com lençóis sujos... uma cama para a inquietude, para o delírio, para o pesadelo e a mais amarga masturbação... Moveu energicamente a cabeça, como querendo expulsar as fantasias, e voltou sobre seus passos até a porta do quarto. Mas não entrou, seguiu até o ângulo final da parede. Dali olhou, apenas por olhar, o campo secretamente vivo dentro da noite, o vulto negro do jazigo dos Lopes. Homem do sul, onde as pessoas enterram seus mortos em grandes cemitérios comuns, ainda não se habituara àqueles jazigos de família, tão abundantes no norte, e permaneceu por longo tempo ali, quieto e ouvindo mais do que antes o piar das corujas, contemplando sem saber por que o lugar onde muitos Lopes por sangue ou casamento, desde o fundador da estirpe no lado de cá da fronteira, estavam se transformando de carne corrompida em ossamenta e de ossamenta em pó, bem no centro de suas possessões mundanas: as muitas sesmarias de campo mal havidas, ou havidas não se sabia como, por um jovem lugar-tenente do Barão de Laguna.

 Finalmente, regressou Arzábal à pequena habitação de paredes caiadas, fechou a porta e correu o trinco, fechou também a janela, despiu-se, deitou-se, soprou a vela. Em seguida adormeceu e não duvidemos de que seus últimos pensamentos, já meio confusos e fragmentados, já muito livres e como em debandada, tenham girado em torno da louca talvez sem cura que pudera conhecer naquela noite.

❖   ❖   ❖

Enquanto Arzábal dormia e sonhava sonhos que desconhecemos (mas bem podemos supor que aludiam à filha dos Lopes), o vento norte continuava arrancando prolongadas queixas e ruídos metálicos do catavento, e gritavam incontinentes as corujas, e mugia como em sonho um touro e uivava em algum lugar um cão, e aves de voo silencioso sobrevoavam como bruxas as árvores das casas, e casais de raposas no cio perseguiam cordeirinhos tardios nas coxilhas pedregosas, e uma vaca que acabava de parir lambia o terneiro e sorvia pedaços da placenta, e a lua subia e subia no céu que era só dela. E estava muito alta, muito solitária, quando golpes na porta do quarto despertaram o homem que pela primeira vez pernoitava na estância. Ele acendeu a vela, intrigado, e ouviu novas batidas, mais peremptórias. Vestiu-se sumariamente, enquanto a intensidade das batidas já demonstrava a impaciência de quem estava do lado de fora. Com a vela na mão, aproximou-se da porta. Um pressentimento lhe disse que quem chamava era a *niña*. Abriu a porta e deu com ela, quieta, séria, audivelmente arquejante. Não trazia as negras vestes talares de horas antes, mas um poncho claro e leve que mal lhe chegava aos joelhos. Fez menção de entrar, Arzábal lhe deu passagem. Estava descalça. Entrou com olhos baixos e deixou escapar um grunhido surdo, quase feroz e também ansioso. Sem erguer os olhos, várias vezes levantou e baixou os braços, num adejar breve e desengonçado, mau arremedo de uma tentativa de voar. Arzábal notou que debaixo do poncho estava nua. E fechou a porta. Ela o fitou como se fosse atacá-lo, ele largou o castiçal sobre a cômoda e a agarrou pelos braços. Não era virgem, e soube acomodar seu corpo debaixo do corpo do homem. Impetuosa e muda, soube impor ritmos e adequar-se aos ritmos do macho. Também soube obter, num comércio consigo mesma, dois profundos, quase desconsolados orgasmos, que Arzábal acompanhou passo a passo na respiração, no esforço e nos naufrágios de ar na garganta (várias vezes tentou beijá-la, ela desviava a boca). Simultaneamente com o segundo intervalo ou o segundo desmaio de um estertor que ia de fora para dentro dela, Arzábal deixou de conter-se.

Já temos todos sentido que, depois de uma cópula parelha, parece sobrevir uma onda em refluxo que, por um momento, arrasta os corpos a uma paz submissa e compartilhada, de sangues irmanados. Nada disso aconteceu: *niña* Leonor evadiu-se do abraço de Arzábal e saltou da cama. Rapidamente, juntou do chão o poncho (do qual Arzábal a despojara com dois tironaços), cobriu-se e foi se olhar no espelho. A vela a iluminava de baixo para cima e sobrepunha em seu rosto sombras que desenhavam uma máscara. Sentado na cama e ainda com desejo, Arzábal a contemplava e, no espelho, via aquele rosto mais estranho do que nunca e o canal dos seios nascendo na abertura do poncho. Viu também que ela começava a fazer caras, procurando sabe-se o que em seus traços deformados pelas sombras, e depois francas caretas, como a debochar de si mesma. Ergueu-se e quis agarrá-la outra vez, ela o viu no espelho e, sem voltar-se, abriu a porta e fugiu sobre o silêncio de seus pés descalços. Arzábal ficou algum tempo à porta, vacilante, frente a frente com a imensidão da noite, que agora ele não contemplou. Depois, mecanicamente, fechou a porta, tomou o castiçal, deitou-se, soprou a vela. A cama cheirava a mulher. Não lhe foi fácil dormir.

❖ ❖ ❖

Enquanto Arzábal dormia e sonhava sonhos que desconhecemos e jamais saberemos, a lua caía e caía no céu envelhecido, que já se tornava vítreo, e finalmente a aurora começava a erguer suas pestanas sobre as coxilhas úmidas de orvalho. E já havia muita luz nascendo e duas chaminés fumaceando na estância Alvorada, quando novos golpes na porta outra vez despertaram o homem que dormia. Não acendeu a vela, pelas frestas da janela viu que havia amanhecido ou estava amanhecendo. Levantou-se, abriu todos os postigos. Suficiente luz grisácea varou os vidros, ao mesmo tempo em que os golpes se repetiam. Quem chamava, decerto, era Marcial *chico*. Gritou "já vou" e começou a vestir-se. Recordou-se da visita da *niña* e sorriu, talvez com certo orgulho masculino. Rememorou velozmente, reviveu quase, pormenores daquela visita, e pensou que não podia nem devia, jamais, contar aquilo a alguém. Batidas na porta novamente, agora mais enérgicas. Ainda vestindo-se, abriu a porta.

Quem ali estava não era Marcial *chico*, mas sua irmã. Não trazia o poncho claro com que viera por volta da meia-noite, mas as mesmas roupas escuras do jantar. Tinha também, embora menos perdido ou livre, o mesmo olhar duro com que entrara na sala de jantar e permanecera longos minutos sem aproximar-se da mesa. Se bem que em seu rosto não houvesse nada que sugerisse um sorriso, a boca entreaberta e úmida deixava ver a linha branca dos dentes.

Homem e mulher fitaram-se por instantes, logo ela avançou e ele afastou-se para deixá-la entrar. *Niña* Leonor andou até perto da janela e voltou-se. Arzábal viu na mão dela o brilho de um revólver e era seu próprio revólver, que deixara sobre a cômoda e de cuja subtração não se apercebera. Com um manotaço tentou desarmá-la, ela saltou para o lado e, rapidamente, começou a atirar.

Os dois primeiros e quase simultâneos balaços feriram de morte Pedro Arzábal. Os outros três, mais espaçados, teriam sido uma violência ou pelo menos um excesso, assim como as inexplicáveis dentadas que o legista encontrou no pescoço e no peito do cadáver.

A VASSOURA DA BRUXA

Para contar certo tipo de história é preciso fazer algo muito parecido com cavalgar a vassoura de uma bruxa. Montado na vassoura, portanto, começo a narrar esta história desde seu início, um duelo de facas lá por volta de mil oitocentos e setenta e tantos.

Ocorreu tal duelo num pequeno potreiro de cavalos onde havia um bolicho de um espanhol (e também uma estação de diligências), não longe do lugar em que o Arroio Porongos desemboca no Rio Yí. Os duelistas eram um tropeiro chamado Miguel Yuste e um tratador e variador* de parelheiros cujo sobrenome era Paredes e cujo prenome foi esquecido. Miguel Yuste era alto, corpulento, entrado em anos. Paredes, ainda jovem, era pequeno e delgado como convém a um variador.

Uns quinze ou vinte curiosos presenciaram as alternâncias da peleia. Todos, como é natural, mantiveram-se em respeitosa distância. Entre eles havia três filhos de Miguel Yuste, moços já de barba cerrada.

O sábio esgrimir do tropeiro compensava a maior mobilidade do variador. Para compensar, por sua vez, o desigual

---

* De variar, ensinar um cavalo a correr, acompanhado de outro animal que já sabe fazê-lo. (N.T.)

comprimento de braços, a faca do homem pequeno era mais longa do que a do corpulento Yuste. Os contendores cortaram-se várias vezes, mais ou menos superficialmente. Ambos faziam o possível para não ficar de frente para o sol daquela primaveril tarde de domingo. Mais do que a lâmina adversa, cada um vigiava, principalmente, os olhos do outro. Em duelos tão parelhos é sempre um erro que provoca o desenlace. E assim aconteceu: um passo em falso de Yuste, um salto do variador, uma estocada profunda no peito do homem grande, que recuou, abriu os braços e girou sobre si mesmo. O outro tornou a saltar, mas conteve o impulso da segunda facada, ou porque não quis ferir pelas costas ou porque não teve o mau ânimo de fazê-lo. Miguel Yuste, depois de um vômito de sangue, tombou de cara no pasto.

    Paredes olhou ao redor com olhos que possuíam algo de convalescente, ou talvez de surpresa de menino. Por um momento – um momento paralisado, como pendurado no céu –, os circunstantes ficaram imóveis. Depois, alguns se aproximaram (talvez os mais velhos, curtidos no transe de ver gente morrer), depressa mas não correndo, do moribundo ou já defunto. O matador deixou cair a faca e encaminhou-se, cabisbaixo, ensanguentado e perdendo sangue, cambaleando um pouco, para um bebedouro que havia num canto do potreiro. Foi então que os dois filhos maiores de Yuste, de faca na mão, correram atrás dele. Mas o terceiro filho, Juan Pablo, tão alto e forte como o pai, correu junto com eles e os deteve a relhaços, insultando-os e gritando que o finado havia morrido em boa lei. Sua ação deu tempo para que outros homens interviessem e assim se salvou Paredes de uma morte certa.

    Todos os presentes (menos o bolicheiro godo*, cuja opinião foi desprezada) preferiram não avisar o subdelegado e

---

* No Uruguai, referência depreciativa que se dava aos espanhóis, descendentes de visigodos, ostrogodos e outros bárbaros. (N.T.)

assim evitar que a polícia viesse meter o nariz no que não era da sua conta. Cinco ou seis homens recolheram o cadáver e o depositaram à sombra, ao lado de umas árvores. Paredes, a quem desinfetaram com canha e pensaram as feridas, escolheu um bom cavalo e rapidamente sumiu no mato do Porongos, rumo norte, ou seja, na direção dos grandes matagais do Yí. Como se relhaços e insultos de minutos antes nunca tivessem ocorrido, os filhos de Yuste sentaram-se muito juntos no chão, a curta distância do corpo do pai. Não falavam com ninguém, nem mesmo entre si. O bolicheiro, decerto para enfatizar sua discordância e sua não ingerência, fechou com tranca a porta do bolicho. Três voluntários bem montados laçaram uma vaca e voltaram com o couro, as vísceras, os costilhares, as paletas e os quartos.

    Entardecia.

    O velório realizou-se ao relento, debaixo das árvores. Os homens alinharam dois cavaletes com várias tábuas, em cima o couro da vaca recém-sacrificada e sobre ele o corpo de Miguel Yuste. Havia bastante lenha seca para o fogo e o fizeram vento acima para que a fumaça respeitasse o morto. Havia candeias em casitas de joão-de-barro, improvisadas com graxa de rim e corda de xergão. De algum lugar apareceram chaleiras de lata, cuias, couros de gato com erva, uma grade que serviu de grelha e espetos feitos de arame. Apesar da atitude quase hostil do bolicheiro, não faltou canha para acompanhar o mate e mais adiante uma graspa para empurrar goela abaixo a carne assada. De cara para o céu de uma noite amena e nublada, o morto presidia como em dois planos simultâneos, próxima e remotamente, aquele avatar nativo dos banquetes fúnebres da antiguidade. Sem razão ou causa explicável, durante a noite inteira o fogo esteve muito alto, sempre bem alimentado. Os irmãos

Yuste matearam e beberam canha, como todos, mas só comeram alguma carne quando já cantavam o pardal e outros pássaros do amanhecer. Dos três, Juan Pablo parecia o mais fechado e carrancudo, o que mais sentia as horas que estavam vivendo. Em dado momento, foi preciso sujeitar e apaziguar um borracho, daqueles de má bebida que nunca faltam. Tampouco faltaram cães inquietos e uivadores, e não muito longe, pela noite toda, esganiçaram-se umas quantas corujas. Lá pelas tantas apareceu a lua, um claudicante pedaço de lua, elevando-se como por obrigação entre pequenas nuvens sujas. Todo velório deixa as noites mais profundas, e em qualquer delas, mesmo sob um teto de folhas, a luz do novo dia é sempre algo meio incrível, algo que chega de surpresa, algo cuja presença, no começo, parece uma intrusão.

O lugar para o enterro no campo foi bem escolhido: um sítio oculto em que o Porongos, numa de suas curvas, conforma uma meseta alta e pedregosa, com algum arvoredo, a salvo das enchentes e quase inacessível para o gado. O cortejo partiu cedo, com o primeiro sol. Levavam o cadáver enrolado no couro, atravessado e amarrado no lombo generoso de um cavalo de diligência. Os irmãos Yuste cavalgavam logo atrás do manso cavalo negro, que um mulato muito amigo do finado puxava pelo cabresto. Mais atrás seguiam outros ginetes, numa ordem que, ao natural, fez-se quase pela idade. Dois dos mais jovens levavam pás, outro uma picareta. Embora curta, a viagem a passo tornou-se muito longa e vários ginetes dormitaram no caminho.

Não era aquela o que se costuma chamar uma manhã gloriosa: havia poucas nuvens no céu, mas o ar era de mau tempo, e havia também um vento suave e rasteiro que às vezes trazia o cheiro pútrido e quieto dos banhados. A terra cascalhenta e empedrada fazia transpirar aqueles que, sob um sol que já ardia, revezavam-se, cavando a sepultura. Mutucas e moscas do mato zumbiam em torno dos homens que mourejavam naquela tarefa tão antiga e sempre renovada de enterrar um homem. Alguns bem-te-vis não visíveis gritavam, alarmados, e um casal de calhandras silenciosas espiava desde a árvore mais próxima. Com o cuidado que Deus manda, quatro voluntários depuseram na cova o cadáver enrolado no couro, e afastaram-se todos para que os irmãos devolvessem a terra ao seu lugar, após beijarem os primeiros torrões. Foram também os irmãos que, ao final, amontoaram as pedras sobre a terra fofa. Para encerrar, Juan Pablo cortou dois galhos de uma alfarrobeira, fez com eles uma cruz e a cravou no túmulo.

❖ ❖ ❖

Transcorreram anos, muitos anos, milhares de dias de horas lentas e milhares de noites rendidas ao sono, dias e noites amontoados em pequenos feixes de tempo morto, logo juntados, misturados e abreviados em fenecidos anos iguais ou quase iguais e assombrosamente fugazes. Em todos aqueles anos não aconteceu no pago nada fora do comum ou do previsível, nada para singularmente recordar ou resgatar – a não ser que se considerem como tais as quedas das nuvens de grandes mangas de gafanhotos, a epidemia de garrotilho que num verão dizimou as cavalhadas, a seca que durou tanto quanto a prenhez de uma égua, os ecos e restos de duas grossas correrias que depois foram chamadas de guerras civis. *A lo largo* daqueles anos foram morrendo os homens que, numa tarde de primavera, tinham estado a domingar em certo bolicho, e a plural, compartilhada memória do duelo, do velório e do enterro, foi como perdendo pontos de apoio, como submergindo aos poucos num esquecimento aparentado com as pedras, com as raízes do pasto, com a redonda indiferença do céu e a não lembrança do tempo sem passado que flui mentirosamente nos arroios... E houve mudanças visíveis naquela pátria nanica: surgiram, como por si, compridas linhas de alambrados, cresceram geométricas plantações de eucaliptos – dando à paisagem uma verticalidade que não tinha –, numerosas sedes de pequenas estâncias foram demolidas ou se transformaram em taperas, ergueram-se casitas de telhado plano e outras de meiágua em coxilhas sem árvores ou nos lugares onde antes tinham estado os antigos ranchos.

Durante aqueles anos nada se soube de Paredes, nem dos dois filhos maiores de Miguel Yuste. Estes, pouco depois da morte do pai, viajaram com tropa para o sul e não voltaram. Já o variador, era como se a terra o tivesse tragado.

O menor dos Yuste, porém, seguiu vivendo no pago. Juan Pablo foi balseiro no Yí, esquilador, ocasionalmente alambrador e posteiro. Era reservado e tranquilo, um bom vizinho, bem instalado, por assim dizer, no mundo elementar e firme (embora espreitado por colorido bando de superstições) daqueles que então povoavam nossa campanha. Chegou à maturidade sem suspeitar de que o esperava, oculta num futuro não distante, uma noite única e marcada: a noite em que... não, minha vassoura se nega a descontar *la tardanza de lo que está por venir*[*]. Basta assinalar, de momento, que Juan Pablo jamais faltava a velórios e enterros, aos quais comparecia (minha vassoura e eu damos fé) movido por confusos sentimentos de solidariedade ao morto e, num *mano a mano* consigo mesmo, com certo

---

[*] Verso do Martín Fierro. (N.T.)

pudor de sobreviver, com interrogações tão mudas quanto resignadas, com uma piedade muito verdadeira... Cá da vassoura, posso arrolar mais um fato de ninguém conhecido e que, sem dúvida, tinha muito a ver com ele: de tempo em tempo aparecia endireitada ou restaurada uma cruz de pau num rincão do Porongos.

❖ ❖ ❖

Em certa manhã chegou ao cenário de minha história um velho descarnado, visivelmente no fim de sua existência. Era Paredes e vinha morrer no seu torrão natal. Quedou-se como agregado numa estância cujo capataz era um de seus irmãos. Já ninguém falava no duelo, prescrito também nas lembranças, e ele, ao que parece, esmerou-se em não fazer qualquer alusão. Sem demonstrar interesse especial, ouviu de seu irmão que a duas léguas dali morava Yuste. Pouco ou nada lhe significou, dir-se-ia, ouvir falar no nome daquele que, trinta e tantos anos antes, salvara-o sabe-se lá de quantas punhaladas. Em verdade, nunca se pôde saber em que medida memorizava os acontecimentos do dia em que havia matado um homem ou a tanto fora obrigado. Passava a maior parte do tempo sentado debaixo de um cinamomo, tomando incontáveis mates e fitando o chão, as alpargatas, a fumaça do cigarro que atirava ao chão, o ir e vir das formigas de sempre... É inegável que esperou a morte com um leve e vigilante beneplácito. Ao cabo de poucos meses, numa tarde de março, não despertou da sesta. O irmão decidiu que o velório seria feito na estância e mandou avisar o juiz e os vizinhos.

Outonamente serena e de lua recém-entrada em minguante foi a noite que se substituiu àquela tarde. No fundo de um galpão ou cocheira, o corpo de Paredes, homem pequeno e encurtado mais ainda pela morte, sumido num caixão grande demais, entre quatro velas e com um punhado de flores amarelas sobre o peito. Mulheres sentadas em cadeiras e bancos pelas laterais do ataúde, rezando ou simplesmente estando. Homens aqui e ali, falando de mil coisas, mas sempre com vozes opacas, refreadas. O irmão de Paredes desempenhando com algum exagero perdoável o papel de parente mais próximo. Dentro do galpão dois lampiões de querosene, outros dois no lado de fora, pendurados na parreira. Um fogo pequeno debaixo dos cinamomos e cavalos presos no palanque e nos moirões do brete das ovelhas. Várias charretes com os cavalos maneados e uma delas com os varais erguidos, como em prece para o céu sem nuvens. Diversas cuias circulando. De quando em quando a ronda do garrafão de canha com pitanga. Com seus quatro anjinhos negros de madeira, a carruagem da funerária (sem os cavalos, que pastavam no potreiro) esperava atrás das casas.

Já tarde, passava da meia-noite, chegou Juan Pablo Yuste ao velório do matador de seu pai. Era bem visível na noite clara a silhueta do homem alto e forte que sujeitava seu cavalo e desmontava. Foi logo reconhecido. A notícia de sua presença se espalhou rapidamente e muitos homens e mulheres perceberam que, sem o saber, tinham estado à sua espera.

O recém-chegado prendeu as rédeas num varejão da cancela e encaminhou-se para as luzes do parreiral. Caminhava sem pressa, com passos firmes, talvez firmes demais. Alguns homens que estavam perto do bocal do poço olharam para ele em silêncio, numa expectativa misteriosa e crescente. Acreditaram ter notado algo estranho, algo de autômato em seus movimentos. A grande lua mordida parecia iluminá-lo mais do que devia e cada vez melhor.

Yuste não olhou para ninguém e alcançou a porta do galpão ou cocheira onde estava o corpo de Paredes. Vacilou um instante, mas viu-se logo que entraria. Seu rosto, agora muito próximo de um dos lampiões, era duro, tenso, fechado. Seus olhos pareciam olhar sem ver. Respirou fundo e entrou. Há sentidos que pressentem: dois ou três homens se apressaram atrás dele.

Um minuto depois ouviu-se ruído de tumulto no fundo do galpão: gritos de mulheres, destemperadas vozes masculinas, barulho de cadeiras caídas. Os homens que estavam no lado de fora acudiram à porta. Vieram do galpão mais gritos e mais vozes e mais ruídos. E também Yuste, abrindo caminho: trazia nos braços, como a uma criança que dormia, o pequeno cadáver de Paredes.

Alguns homens tentaram detê-lo, algumas mulheres soluçavam. Yuste, vociferando que o deixassem passar, dobrou o cadáver sobre o ombro. Em sua mão direita relumbrou um punhal e todos se afastaram. Andou até a cancela, e a grande lua parecia iluminá-lo ainda mais do que antes. Dois ou três homens desembainharam suas facas e quiseram segui-lo, outros homens os contiveram. Todos se aquietaram, sobrevindo um silêncio unânime. Yuste montou em seu cavalo, com o corpo dobrado sobre a cabeça do lombilho, e partiu a galope. Como despertando, como reaparecendo, os cães da estância se agruparam atrás do galpão e, desalentados e medrosos, começaram a uivar.

❖ ❖ ❖

Tenho a experiência da noite em que velamos um afogado, cujo corpo ainda não fora resgatado das águas, e posso dizer que um velório sem defunto é uma das coisas mais estranhas que existem entre o céu e a terra. Aquilo que havia sido um velório passou a ser uma reunião, como casual e sem centro, de homens e mulheres desconcertados e exaustos. Todos se perguntavam, e todos perguntavam a todos, que motivações e que sentido podia ter o fato misterioso que acabavam de presenciar. Muito se comentou e muito se conjeturou, e a reunião acabou por dispersar-se bem depois que saiu o sol. Muitas coisas foram ditas, repito, mas não houve quem fosse capaz de formular sequer uma aproximação daquela frase antiquíssima (nascida na costa oriental do Mar Egeu, há quase vinte e cinco séculos) que diz que ninguém fica tão unido a ninguém como o homicida à sua vítima.

❖ ❖ ❖

Na tarde seguinte, desde minha vassoura, espio certo rincão do Rio Porongos: vejo ali a terra removida e, muito juntas, duas cruzes de madeira.

Os ladrões

Mariano Gómez e Alejandro Rodríguez, muito amigos, ladrões ou aspirantes a ladrões, decidiram roubar o italiano Orsi, padeiro. Estavam ambos mateando na humílima casita de Mariano, no bairro mais caótico e miserável da cidade, e charlavam com algum fastio, sem temas concretos, deixando que o tempo da tarde suburbana encompridasse as pausas.

Maria Rosa, a companheira do dono da casa, chegou da rua com dois pacotes e um pão sem enrolar. Era muito jovem e de corpo leve. Tinha na cara de mulata uma espécie de alegria natural, de simples e gratuita felicidade. Largou os pacotes na mesa e ergueu o pão como se fosse uma tocha.

— O gringo Orsi está cada vez mais mesquinho. Se a gente não leva papel, o pão vem assim.

Alejandro Rodríguez sorriu, espiando a rapariga. Como noutras vezes, pensou que seu amigo era um felizardo por dormir com aquela moreninha de andar requebrado e tetinhas pontudas.

— E pensar que esse gringo deve ter dinheiro escondido – acrescentou Maria Rosa, rindo.

— O que trouxeste aí? – perguntou Gómez.

— Carne e batatas.

– Sobrou alguma coisa?
– Uns pilas.
– Vê se consegue uma garrafa de vinho. Alejandro vai jantar com a gente.

Maria Rosa pegou uma garrafa vazia e saiu. Suas palavras sobre dinheiro escondido ficaram como penduradas no ar e em seguida começaram a cair no ânimo dos dois amigos. Em poucos minutos, e sem que se pudesse saber qual dos dois tomara a iniciativa, estavam falando sobre a possibilidade de roubar o padeiro. Calaram-se quando Maria Rosa voltou ("Por enquanto não convém que Rosa saiba disso", tinha dito Gómez), mas depois do jantar saíram para caminhar e retomaram o assunto. Passaram devagar pela padaria de Orsi e perambularam um bom tempo por ruas de casas e lampiões escassos, conversando sem cessar e com vozes de conspiradores. Depois subiram para as ruas do centro e não entraram em nenhum café, pois estavam de bolsos vazios. Já muito tarde regressaram ao bairro. Antes de separar-se, passaram de novo pela padaria. Da calçada defronte estiveram considerando a altura do muro de tijolos e espiando por cima dele a parede do galpão, de um gris turvo na noite pouco escura, que se erguia a uns dez metros da rua. Viram nessa parede, como se a vissem pela primeira vez, a parte superior de uma janela larga e fracamente iluminada. Viram também a fumaça branquicenta que saía da chaminé do forno e se afastava pelo céu negro-azulado com um sigilo tão perfeito que parecia voluntário.

Nessa noite dormiram ambos um sono bem inquieto.

❖ ❖ ❖

Giovanni Orsi, nascido num arrabalde de Nápoles, era um exemplo de operosidade e um avarento que podia ser considerado uma obra-prima da avareza. Vivia só, tão só que nem cachorro tinha. Fazia sem ajuda de ninguém todo o serviço de uma padaria de bom movimento e ainda encontrava tempo para cultivar uma pequena horta no fundo do quintal e cortar a lenha que adquiria dos mateiros. Fabricava o pão à noite, vendendo-o pela manhã e à tardinha, implacavelmente à vista.

Eram famosos seus regateios com os mateiros, com o dono da atafona que lhe fornecia farinha, com o turco Mustafá, o açougueiro, do qual vez por outra comprava algum osso, um naco de carne inferior, alguma tripa. Dizia-se que fazia armadilhas para pegar gatos vagabundos e comê-los. Dizia-se que dormia pouquíssimo, já de madrugada e no próprio galpão, estirado nas bolsas vazias, perto do forno no inverno e junto à parede oposta no verão. Não se sabia que tivesse amigos ou ligações com mulheres, e talvez ninguém se lembrasse de tê-lo visto sorrir um dia.

Tinha quarenta e tantos anos e já fazia tempo que vivia na cidade. Como não depositava dinheiro em lugar algum – sabia-se –, era possível que Maria Rosa estivesse cheia de razão ao supor que guardava suas economias em casa.

Mariano Gómez e Alejandro Rodríguez estranhavam que outros não tivessem tentado fazer aquilo a que agora se propunham.

– Vê só como os pobres são bobos – dizia Mariano, para o qual *pobres* e *homens* eram quase a mesma coisa.

– São mesmo – confirmava Alejandro, sinceramente assombrado com a burrice humana.

– Se não fosse minha mulher – tornou o outro, com um orgulho pueril –, nem nós teríamos pensado nisso.

Alejandro continuava aprovando, sorria esperançoso e repassava mentalmente o plano que tinham preparado.

❖ ❖ ❖

O plano era simples. Esperar uma noite escura, de preferência com garoa ou chuvisco. Pular o muro. Vigiar pela janela até que o italiano adormecesse. Entrar no galpão pela mesma janela ou por uma claraboia sem vidros que havia na outra parede. Cair sobre o adormecido, tapar seus olhos e vendá-los, amordaçá-lo, amarrá-lo. Procurar e encontrar o dinheiro.

Analisaram o plano em seus mínimos detalhes e o consideraram sem falhas que pudessem impedir um resultado feliz. O muro não tinha vidros partidos nem pentes de tesoura de esquila, tão comuns nos muros de subúrbio. Entrar no galpão pela janela – ou, na pior hipótese, pela claraboia – era facílimo para dois magros cuja idade andava muito abaixo dos trinta. Mais difícil, mas não muito, seria dominar o italiano, embora fosse um homem de ombros largos e braços musculosos. E não duvidavam de que encontrariam o dinheiro. Calculavam que estava no próprio galpão, em esconderijo cavado no piso e coberto de algum modo que não dissimularia o uso diário, as moedas enroladas em trapos ou papéis, as cédulas em latinhas por causa da umidade e dos ratos.

Tinham combinado enterrar o butim na mesma noite do roubo, no rancho de Alejandro – que morava só –, e seguir vivendo como pobres uns meses mais, até que a polícia esquecesse tudo. Depois iriam para Montevidéu e aplicariam a fortuna, de modo que a renda lhes permitisse viver sem trabalhar ou roubar, obtendo da vida, principalmente, coisas elementares que até então lhes tinham sido vedadas pela extrema pobreza. Somente em Montevidéu confessariam o roubo à tagarela Maria Rosa, que Mariano imaginava na capital com uma alegria não menor do que a habitual, mas um pouco mais *séria*, e vestida como a filha do Dr. Zabala. Alejandro Rodríguez, dos dois o mais sonhador, sonhava com uma casinha branca e limpa, um automóvel vermelho, um terno azul, uma mulher que frequentemente mudava de tipo, mas que sempre dava o ar da moreninha de Gómez. Este não particularizava as ambições. Dizia, simplesmente:

– Quero ser rico para não ser pobre.

Ter um plano, conversar sobre ele, recapitular suas etapas, era para os dois amigos como possuir um talismã. Durante muitos dias viveram como amparados nele, contentes, misteriosos. Maria Rosa notou a mudança e comentou e repetiu sempre em vão, com uma pergunta implícita: "Vocês estão tramando alguma coisa..." Por motivos às vezes parecidos com pretextos, deixaram passar algumas noites muito próprias, mas a hora, enfim, tinha de chegar.

Uma garoa misteriosa umedeceu as ruas durante a tarde inteira, só parando ao anoitecer, e a noite se fez fria, convenientemente escura, preparatória de temporal. Alejandro e Mariano decidiram não se permitir outras dilações e fazer daquela noite a grande noite, destinada a dividir suas vidas em *antes* e *depois*.

Comeram algo do pouco que Maria Rosa pôde dar-lhes ("Como estão sem fome essas crianças", disse a mulher, brincalhona e curiosa), tomaram um gole de cachaça e compraram um pacote de fumo no bar de Dom Leôncio, estiveram olhando o jogo de bilhar no café do russo Maurício e foram para o rancho de Alejandro tomar mate e esperar a hora. As badaladas do relógio da igreja lhes chegavam com um som grave e como dispersando-se em grãos despedaçados, próprio das noites baixas e com muita umidade. Esperaram até a meia-noite e puseram-se a caminho. Levavam alguns metros de corda, duas caixas de fósforos e, cortado pela metade, um comprido cachecol que

Mariano havia roubado de um caminhão no prostíbulo das irmãs Pereira. Desertas as ruas, os solitários lampiões disputavam inutilmente uma competição de luz. A massa negra do temporal, ainda imóvel, parecia um complemento natural da noite. Mariano estribou o pé nas mãos unidas de Alejandro, fez do ombro dele um degrau e montou no muro. Alejandro pendurou-se no braço de Mariano, também conseguiu subir e ambos saltaram para o pátio.

O plano se desenvolvia a contento. Os dois ladrões permaneceram agachados e imóveis, escutando pouca coisa além das batidas de seus corações. Embora prevista, a facilidade com que haviam ultrapassado o muro não deixou de lhes parecer um excelente augúrio. Por minutos continuaram sem mover-se, as alpargatas afundadas na terra mole, rodeados de altas macegas invisíveis e molhadas. Latidos distantes levaram Alejandro a pensar que, se o italiano tivesse um cão, logo teriam sido denunciados. Por não querer alimentar um bicho, pensou, o gringo ia ser aliviado de seus cobres.

– Ele merece – murmurou ao ouvido de Mariano, ou onde adivinhou, na escuridão, que estivesse o ouvido de Mariano.

– Quê?

– Nada.

A parede do galpão confundia-se com a noite, mas nela se recortava, debilmente iluminada, a janela que tantas vezes tinham observado da calçada defronte.

– Vamos? – perguntou e propôs Mariano.

– Vamos.

Moveram-se devagar, com cautela. Chegaram à janela e espiaram para dentro do galpão, os narizes achatados na vidraça.

❖ ❖ ❖

O galpão do padeiro tinha uns dez ou doze metros de comprimento por seis ou sete de largura. Estava iluminado por um lampião de querosene pendurado no teto e pelo resplendor da fornalha.

Vestido apenas com um pedaço de lona, preso à cintura por uma correia, Giovanni Orsi trabalhava na acentuada solidão do homem que trabalha só durante a noite. Era de baixa estatura, de pernas curtas e redondas, forte de torso e braços. Tinha antebraços cabeludos, pelos compridos e escassos nos ombros e um grande escudo de penugem negra no peito.

No galpão havia dois barris de madeira, quatro masseiras, uma mesa de sovar, numerosos balaios alinhados. Os dois ladrões viram também, no fundo, uma pilha de bolsas de farinha (Alejandro pensou que o esconderijo do dinheiro podia estar debaixo). A um canto, várias tábuas de estivar apoiadas na parede. Perto do forno, a lenha empilhada.

O napolitano ia de um lado para outro – silenciosos os grandes pés descalços no piso de grês –, com uma atividade incessante e precisa da qual fora abolido todo movimento supérfluo. Seu rosto se mantinha inexpressivo e era um rosto genérico e antigo, ou de raça antiga. O cabelo, escuro, liso e talvez cerdoso, caía-lhe na testa estreita quando se inclinava para tirar massa das masseiras. Brilhava o suor de seu corpo quando parava na frente do forno.

Mariano e Alejandro, invisíveis na noite retinta, vigiavam o italiano com uma paciência de suburbanos acostumados a deixar o tempo correr. Não falavam e continham-se para não falar. Ambos tinham percebido (e se deram cotoveladas) que a tranca da janela era um gancho de arame que cederia sem ruído à primeira pressão. Estavam contentes porque tudo ia saindo tal como haviam pensado e apenas se ressentiam do frio que já abusava, aproveitando-se da imobilidade deles.

O padeiro cortava, até encher a mesa, grandes montes de massa, fazendo montículos em forma de pães. Em seguida os dispunha numa tábua de estivar, que colocava na estufa, e tornava a uma das masseiras em busca de nova porção de massa. De tempo em tempo retirava uma tábua da estufa, e com uma comprida pá introduzia os pães levedados no forno, tirando dali os que estavam no ponto e jogando-os nos balaios. Incontáveis gerações de padeiros pareciam acompanhá-lo tenuemente e sem diminuir sua solidão, ao mesmo tempo em que dele se distanciavam, como um eco que retroagisse aos albores do ofício. Mais de metade dos balaios já estavam repletos de pão quente.

Não é improvável que Alejandro e Mariano já estejam mortos. Se assim é, pode-se revelar que viveram e morreram sem conhecer o significado da palavra "alquimia", sem saber o que é um cadinho, sem ter ouvido falar do "leão verde" nem do ovo filosofal lacrado com o sinete de Hermes, ou do princípio macho da levedura obrando sobre a pasta fêmea não levedada, ou do *homunculus* nutrido com sangue humano e mantido em temperatura constantemente igual à do ventre de um cavalo... Mas, à margem dessas ignorâncias e em decorrência de profundas recordações não pessoais, aquele homem baixo e peludo que se atarefava sozinho num recôndito secreto da noite – que trabalhava desnudo e de parceria com o fogo criador, que atuava com uma precisão quase sobrenatural e com o rosto como enclausurado, que transformava o caos da massa em pães definidos e fumegantes –, aquele homem de algum modo chegou a impressioná-los, como um mago ou um taumaturgo, até como um demiurgo em pleno labor. E sentiram por ele uma consideração um pouco estranha, com algo de reverencial... que por certo em nada afetou o projeto de amarrá-lo e roubá-lo quando a fadiga o derrubasse sobre as bolsas vazias. O temporal, sem que eles se apercebessem, começava a mover-se.

Giovanni Orsi continuava trabalhando. Retirou da estufa a última tábua e pôs os pães no forno, tirando deste os prontos e lançando-os no penúltimo balaio. Pegou a vassoura e começou a varrer o galpão.

Embora soubessem que não podiam ser vistos, Mariano e Alejandro afastaram-se da janela quando o italiano passou varrendo perto dela. Viram então que o céu negro se raiava em furtivos, travessos relâmpagos, e ouviram o temporal sermonear ao longe.

– Capaz que chova – murmurou Alejandro, como se a chuva pudesse significar grave inconveniência.

– Teremos dinheiro para comprar qualquer quantidade de roupa seca – resmungou Mariano, quase com dureza.

– É claro – conveio Alejandro.

– *Bueno* – disse Mariano, conciliador –, pode ser que a chuva espere.

Alguns galos apressados reclamavam a alvorada. Continuavam – distantes às vezes, às vezes mais próximos, mas sempre para ninguém – os latidos geralmente roucos que nunca cessam de todo nas noites das pequenas cidades.

Os ladrões já haviam aprendido que não era muito longo o tempo que os pães permaneciam no forno: voltaram à janela e achataram de novo o nariz contra a vidraça. Acreditavam que se aproximava o momento em que escapariam da insegurança e das provações para o resto de suas vidas.

O padeiro terminara de varrer e estava limpando as tábuas de estivar com um trapo certamente úmido. Depois de limpá--las e ordená-las, começou a empilhar bolsas vazias a uns três metros do forno. Os aspirantes a ladrões se alegraram mais ainda, quase com orgulho: cada pormenor do plano se cumpria como se eles tivessem prefixado tudo à força de pensar.

Depois de empilhar as bolsas, Orsi deteve-se diante do forno e, pela primeira vez naquela noite, esteve um tempo sem fazer absolutamente nada. O resplendor já mais débil da fornalha pincelava seus músculos em espera, sua pele suarenta, mas a cara dele continuava sendo uma cara como posta no topo do corpo apenas para completá-lo. Recém agora, os ladrões começaram a sentir certa impaciência.

O padeiro, afinal, pegou a pá e recolheu os pães do forno, enchendo o último balaio. Os ladrões estavam prontos para entrar em ação e seus corações batiam com pressa, mas Orsi, inesperadamente, empreendeu outras idas e vindas das masseiras para a mesa de sovar, acumulando sobre esta uma grande quantidade de massa, disposta em comprido monte. Alejandro Rodríguez e Mariano Gómez acreditaram, alarmados, que um acontecimento inusitado concorria para postergar ou alterar o desenvolvimento previsto dos fatos. Tiveram de fazer um grande esforço para não falar.

Ao invés de cortar a massa, o italiano a manipulava à maneira de um escultor que trabalha com argila. Mariano e Alejandro sentiam crescer dentro deles algum desânimo e muita perplexidade.

O padeiro trabalhava com estilo diferente daquele com que fazia seu pão: mais devagar, com maior delicadeza, com uma precisão menos mecânica e mais humana, que até se permitia vacilações. Também em seu rosto algo havia mudado.

Pouco a pouco, o grande monte de massa foi adquirindo a forma de uma mulher deitada de costas. Pouco a pouco, os dois amigos foram reconhecendo pernas de grossas coxas e joelhos levantados, um ventre raso e cilíndrico, braços colados no corpo

e, como ainda em esboço, seios abundantes e redondos e um pouco caídos para os lados.
– Será magia negra? – atreveu-se a sussurrar Alejandro.
– Psiu...
Orsi fixou uma bola de massa no lugar da cabeça e, com dedos leves, modelou os traços básicos de um rosto. Dois beliscões com os cinco dedos dotaram os seios de mamilos, e o umbigo nasceu de um leve pontaço com o minguinho. Golpes com as mãos em cutelo começaram a corrigir a forma dos braços.
– Se não é magia... – reiniciou o sussurro de Alejandro.
– Fica quieto, quero ver – cochichou Mariano.
Achatavam como nunca os narizes na vidraça, fascinados, completamente esquecidos do tão sonhado roubo e de seus sonhos de riqueza.
O italiano deu por terminados os braços e recuou para contemplar a estátua. Alejandro pensou notar que um sorriso pugnava em vão para aparecer na boca entreaberta. Sem saber ainda por quê, e lateral e fugazmente, Mariano pensou com desgosto (um desgosto apenas perceptível, mas surpreendente por ser novo, nunca sentido) na moreninha que estava em casa, sozinha, à espera, num entressonho de gata, na cama desengonçada e morna.
Giovanni Orsi passou da contemplação aos retoques: modificou a curva de um dos ombros, apertou e afinou os joelhos, imprimiu maior relevo ao mamilo do seio direito... Do mesmo modo inexplicável e lateral e fugaz que seu amigo, Alejandro lembrou-se de seu rancho, mas não com o travo amargo de sempre. Bem ao contrário, pensou que lá não corria o risco de encontrar nada além do cheiro dele mesmo e dos vazios de sua solidão.
O padeiro pegou dois pães quentes, arrancou-lhes a casca e com os miolos fez uma bola, na qual meteu os dedos para abrir

uma fenda. Depois achatou-a um pouco e, pressionando cuidadosamente, colocou-a entre as pernas da mulher de massa.

❖ ❖ ❖

E Mariano Gómez e Alejandro Rodríguez terminaram de compreender... Ao mesmo tempo, experimentaram o frio daquela vertigem cúmplice que amiúde o monstruoso provoca. E viram-se – ou, pior, viram-se vistos, como se a sombra que os rodeava tivesse olhos acusadores – no transe de estar testemunhando um fato pertencente àquela ordem de fatos que não admitem testemunhas. Continuar ali configurava um ultraje a algo ou a alguém. Com medo e pudor, com certo asco e com algum respeito muito especial, com uma vergonha um tanto impessoal e abstrata, com outros sentimentos confusos, retiraram-se – fracassados aspirantes a ladrões – definitivamente da janela.

A CIDADE SILENCIOSA

A mulher adormecida

O homem despertou quase de repente e demorou um pouco para reconhecer o lugar onde estava e a mulher nua que dormia ao seu lado. A escuridão era completa, o silêncio profundo. O quarto (o dormitório de um pequeno chalé ainda inconcluso, num casario à beira-mar, sobre a curva de uma baía aberta e planetária), mais do que horas antes, cheirava a cal, a cimento, a alvenaria. Como por trás do silêncio e como a bulir nele sem quebrá-lo, ouviu o homem o fatigado mau humor das águas, o resmungar das ondas na noite sossegada. Permaneceu sem mover-se por vários minutos. Sentia-se tranquilo, bem desperto, ligeiramente distante ou solto. Imaginou lá fora um céu sem lua e com o vislumbre azul de todas as estrelas, e longe, para a direita, as luzes humanas de dois povoados costeiros, e considerou que deveria faltar bastante tempo para o amanhecer.

Também ele estava nu. Moveu-se com cuidado, ajustando seu corpo ao corpo da mulher. Aquela era uma noite morna de fim de verão e ambos cobriam-se apenas com um lençol. A cama cheirava a homem e mulher juntos, a homem e mulher que dormiram e se amaram até o arquejo e o suor. O homem lembrou-se dos jogos amorosos, dos afagos, dos corpos entrelaçados que se golpeavam nos últimos impulsos, pensou ou semipensou que estava gostando muito daquela mulher de sorriso sempre dócil e olhos que, com demasiada frequência, eram olhos de quem olhava a chuva, daquela desconhecida que era sua amante desde meados do inverno. Cinco sílabas eram o nome e o sobrenome da mulher. Por duas vezes as pronunciou sem voz o homem. Depois moveu-se novamente, procurando mais pele sua contra a pele dela. E sorriu, sorriu para si mesmo, na escuridão do quarto.

Achava estranho ter despertado tão completamente e naquela hora da noite. Em geral, sozinho em sua cama no apartamento em que vivia na cidade, despertava no meio da manhã e sempre depois de uma etapa indefinida entre sono e vigília, emergindo à luz do dia com felpas e fios de sonhos pendurados, e concluiu que aquele despertar inusitado era por causa da mulher. Sem dúvida, seguiu pensando, devia-se ao fato de que, mesmo adormecido, não havia deixado de senti-la ao seu lado e talvez de desejá-la e de em algum momento procurá-la novamente. Pensou isto, outra vez pronunciou sem voz o nome dela e de imediato se compenetrou de que sentia uma grande vontade de vê-la.

Às apalpadelas o homem localizou o fósforo e acendeu o lampião a querosene na mesa de cabeceira. A mulher adormecida mal mexeu a cabeça. Cauteloso, temendo despertá-la, levantou-se e a olhou. Ela registrou, desde seu sono, a ausência do homem: estirou mais as pernas, girou um pouco o torso, suas mãos sonâmbulas recolheram quase até a garganta a barra do lençol. De pé e desnudo ele sorria para ela como quem sorri para um retrato, uma lembrança. Sorriu-lhe por um momento, um longo, alongado momento, e voltou a sentar-se, com redobrada cautela, na beira da cama. Ela agora dormia sossegadamente.

Já outras vezes este homem vira dormir esta mulher, mas nunca a contemplara adormecida sentindo o que agora sentia. O sono (a imobilidade, a clausura dos olhos, a boca inativa...) dava àquele rosto entregue uma unidade que parecia definitiva e algo, ou muito, da misteriosa autossuficiência dos mortos. Mais do que sempre, era aquele rosto uma paisagem com um traço fugaz e esquivo e, simultaneamente, um rosto único no mundo e também irreplicável, e também liberto do tempo, ou simplesmente refugiado num tempo inocente ou de fingida inocência. Nenhum rosto tão dela e ao mesmo tempo tão liberto da carne e da memória, nenhum tão investido em si mesmo e como para fazer sentir – como sentia o homem – o chamado de uma alma e de um corpo confundidos fibra a fibra e fascinantemente singulares.

Em resposta a este chamado, que lhe provocava uma vertigem, o homem se inclinou ainda mais sobre a mulher adormecida. Pensava adivinhar que aquele rosto estava a ponto de dizer-lhe ou confiar-lhe algo, e que afinal não o dizia, ou talvez o dissesse tão secretamente que ele não podia entender. Sentia que o amor crescia em seu peito, mas sem a cumplicidade essencial não lograva uma presença com vida própria, onde eles, somados, pudessem instalar-se num sistema de encontros mútuos ou numa espécie de comunhão. Deste sentimento derivou um outro, mais doloroso: de que aquilo que sentia não ia além de insuperáveis limitações. E quis ver também o corpo.

Pegou o lençol e o puxou lentamente até descobrir por inteiro o esguio compor da mulher. Ela não se mexeu e o corpo e o rosto se integraram numa unidade maior. Tão só a respiração e seu leve movimento desmentiam a submissão à morte, a rendição total a um estar indiferenciável do estar das coisas. Algo vegetal, ou ao menos animal, mais completo e profundo do que humano, apossou-se daquela grande nudez imóvel. Era ao mesmo tempo algo que, de modo obscuro, parecia negar todo o casual de sua biografia dos dias por viver e até a morta entre flores rapidamente envelhecendo que uma noite deveria ser. E o homem acabou vendo ou acreditando ver que aquele corpo estava ali como esquecido, abandonado por engano a uma solidão devoradora. E fechou os olhos. E não pôde mantê-los fechados e seguiu olhando. Seguramente, não havia naquela pele toda um só centímetro que não tivesse acariciado ou beijado e, no entanto, agora, pedia aos seus olhos muito mais do que aquilo que suas mãos e sua boca lhe tinham dado.

Os olhos muito lhe deram e muito lhe negaram. De novo e em vão tentou fechá-los. Para não olhar mais apagou o lampião. Nu, descalço, avançou pela escuridão do quarto até a janela. Ia abri-la e olhar a noite, mas talvez covardemente não o fez. Permaneceu em pé, ouvindo sem querer o ruído do mar e como perdendo-se minuto a minuto no quarto de dormir daquele chalé também como perdido e cheirando a obra inacabada, a alvenaria. Depois, às cegas, procurou a cama, deitou-se com cuidado. Ajustou o corpo ao corpo da mulher e, apertando as pálpebras, ansiou pelo sono – a paz animal do sono, a união profunda, no sono, com a mulher adormecida.

Os olhos da figueira

Para Sergio Faraco

A noite foi tensa, como sobrecarregada de si mesma, e o combate começou ao amanhecer. Um dos bandos era mais numeroso do que o outro, tinha mais e melhores armas longas, um canhão leve, cavalos mais descansados. Em coragem e vontade de matar se igualavam. O campo de batalha foi um amplo vale sem árvores, com duas serras laterais, a três léguas escassas da margem esquerda do Rio Negro.

Houve centenas de balas assobiando no ar matinal e várias cargas de lança de um e outro bando. Houve borbotões de sangue e gritos e imprecações, houve clarins que se esganiçaram, ordens cumpridas e outras que ninguém acatou, boleadeiras mais ágeis e ávidas do que qualquer ser vivo, homens que morriam com cara de assombro, homens que caíam de bruços e agonizavam mordendo o pasto e arranhando a terra, outros que morriam sem ferimentos, sob as patas dos cavalos. Houve ainda um corcunda de compridos braços, montado num oveiro forte e de pouca altura, que agarrou o canhão e o derrubou. Houve um comandante já velho que entrou na peleia só com uma pequena faca e um pesado relho de cabo de prata.

Antes do meio-dia, em dia limpo, de princípios de março, foi-se tornando evidente que os menos numerosos seriam vencidos. Ainda tentaram, sob o duro sol vertical e um céu ao mesmo tempo alheio e testemunha, uma última carga, carga desesperada que, mais do que uma consciente ação de guerra, foi uma preparação da alma para o transe da derrota. O inimigo, em seu contra-ataque, adonou-se do terreno. E assim que começou a debandada, os clarins na serra da direita ordenaram a degola.

Entre os incontáveis ginetes em fuga há dez ou doze que fogem em separado dos demais, em apertado grupo. Reuniram-se por acaso, mas agora seguem muito juntos e a todo galope. Encabeça o pelotão, num rosilho cabos-negros, um homem de rosto impávido que parece ter assumido o papel de chefe. O rumo é o dos intrincados matos do rio que parte ao meio o território uruguaio. O ressoar dos cascos não lhes deixa ouvir o estridor cada vez mais distante dos sanguinários clarins.

Outros ginetes, em maior número, empreendem a perseguição desses dez ou doze. Comanda-os um jovem com cara de touro arisco e peito cavo. Uns riem, outros gritam e alguns erguem as lanças e são vários os que já vão dando de mão nas boleadeiras, mas não se apressam demais. Acreditam, e não se enganam, que seus cavalos têm mais sobras do que aqueles montados pelos que fogem.

Estes, os que fogem, galopeiam com as lanças inclinadas para baixo e para trás, na esperança de se defender das boleadeiras se a distância encurtar. Galopeiam sem dizer palavra, como impedidos de falar ao não poder fazê-lo senão aos gritos. Levam três carabinas, três bacamartes e um revólver. De tanto em tanto, aquele que leva o revólver gira o corpo e faz um disparo que nunca acerta o alvo.

O homem do revólver esvaziou e recarregou duas vezes o tambor, uma égua parida saracoteou de medo em volta do potrilho dormido no pasto com profundíssimo sono de potrilho, um tropel de vacas assustadas se dividiu em dois redemoinhos de colas e guampas. E mais de uma légua de campo limpo ficara para trás. Os cavalos ofegam, o campo continua plano e os perseguidores vão-se abrindo em leque, como principiando a se organizar na meia-lua tão comum nas guerras equestres.

Sempre é mais do que a conta o que os gaúchos esperam de um cavalo, mas ninguém como eles para interpretar os primeiros, secretos sinais de fadiga do animal que os carrega. Vários fugitivos perceberam que seriam alcançados e cercados antes de conseguirem chegar aos grandes matos. O homem do rosilho, que de alguma forma intuiu o que se passava, ergueu-se nos estribos e procurou, com olhos de cavalgar à noite, um lugar onde pudessem resistir por algumas horas. Esse lugar apareceu de repente, quando galgaram uma coxilha baixa: uma pequena ilhota de árvores, um apertado e solitário capão de figueiras silvestres de grossos troncos e abundante folhagem.

– Para as árvores – gritou.

A vida quer continuar sendo vida e a carne teme a degola mais do que qualquer espécie de morte. Todos obedeceram sem vacilar. Desmontaram apressadamente sob o sombreado verdor das figueiras e, em poucos minutos, entrincheiraram-se. Contrariando de propósito um dos clássicos preceitos ou conselhos de nossa campanha ("Jamais fique a pé, meu filho"), deixaram em liberdade os cavalos. O chefe, com a recém inaugurada voz de chefe, dava indicações breves e precisas. "Arrastem esse tronco e aqueles galhos secos", mandou. "Vamos dividir as balas", disse aos homens das carabinas. "Carreguem com muita pólvora e mirem mais abaixo", ordenou a quem portava os arcaicos bacamartes. E ao do revólver: "Conta tuas balas e não dá tiro à toa". Logo depois, um "cala a boca" para um desarmado que pedia uma carabina e dizia ser atirador de primeira, botando a bala onde botava a vista. Por certo, nenhum deles ouvia o sobressalto dos pássaros, escandalizados em uníssono em seus esconderijos de ramaria e folharada.

Os perseguidores completaram um círculo ao redor da ilhota de árvores, desmontaram e manearam os cavalos. O jovem que os comandava (o único que não apeara) galopeava em volta, organizando as posições daqueles infantes que se vestiam como tropeiros e sabiam muito pouco ser infantes. Depois deu a ordem e os homens avançaram. Avançavam com progressiva cautela, fechando o círculo. Quase todos levavam pistolas *mauser* ou carabinas, e todos a sempiterna faca na cintura. Quem não tinha arma de fogo conservava a lança. O jovem de cara arisca troteava atrás, de um lado a outro, dando instruções quase sempre desnecessárias. Sobrevoavam-no uns quantos quero-queros.

Os primeiros tiros partiram dos sitiados: detonaram as três carabinas ao mesmo tempo e em seguida, um atrás do outro, os estrondosos bacamartes. Embora sem acertar, esses primeiros tiros fizeram parar os atacantes. Vários deles se ajoelharam e responderam ao fogo, outros se ocultaram no meio das macegas. Muitos, depois de breve hesitação, continuaram avançando. Novas detonações das carabinas e logo os estampidos do revólver outra vez os detiveram. E assim começou o cerco na ilhota de árvores.

Os sítios de algumas cidades duraram anos. Este minúsculo cerco de dez ou doze homens refugiados em poucas árvores durou apenas horas, até pouco antes do anoitecer. Os sitiantes foram estreitando com vagar o círculo, sem economizar balas, sem saber ao certo se as acertavam ou não, deixando atrás um morto e dado número de feridos, aproveitando ou tratando de aproveitar as poucas irregularidades do terreno. Os sitiados respondiam com disparos mais espaçados, mas sempre em ocasiões favoráveis e com pontaria perigosa. "Saiam, covardes", gritavam e repetiam os assaltantes. "Venham nos buscar, filhos da puta", era, com variantes, a estentórea réplica.

Quando caía a tarde e o círculo, muito estreito, estava quase estacionário, os sitiados guardaram um silêncio que, por demasiado longo, foi-se tornando estranho. O jovem da cara arisca se perguntava o que estaria acontecendo. Estava a pé, seu cavalo tinha sido baleado antes da meia-tarde. Sobrava-lhe um fio de voz e estava exausto. Sabia que seus homens desejavam com impaciência uma roda ao pé do fogo, o ritual do mate, a espera e as primícias da carne recém-carneada dourando-se em espetos e grelhas. Aproximou-se então de um índio corpulento que fumava, sentado atrás de uns cardos com as pernas cruzadas e a *mauser* nos joelhos.

– Grita aí que tô mandando outra carga.

A carga final foi uma atropelada tumultuosa que encontrou entre as figueiras só o frescor da sombra, o cheiro e o relento do sangue, a catinga da pólvora e corpos caídos em diferentes posições.

– Os que quiserem podem voltar pro acampamento – disse o chefe, com a voz sumida.

Há charcos de sangue já bebidos em parte pela terra, há sangue quase negro e em todos os matizes sombrios do vermelho. O longo dia estival foi absolutamente sem vento, mas agora a brisa volúvel do anoitecer começa a inquietar suavemente as folhas. Esvoaçam, aos milhares, grandes e pequenas moscas. Nos esconsos da folharada, os bem-te-vis desafinam as litanias com que se despedem das tardes.

Nem todos os caídos estão mortos: dois moribundos ainda respiram e movem os lábios, ainda olham ou gostariam de olhar. O jovem faz um sinal e dois degoladores rapidamente fazem seu serviço.

– No outro mundo vão convidar esses aí com canjica e arroz de leite – diz um deles, rindo.

– E bolacha amolecida em mijo de velha – diz o outro.

O homem do revólver jaz em posição quase fetal ao pé de uma árvore, com a cabeça voltada para o tronco e um balaço na fonte direita. Ao seu lado, mais estendido, com o revólver vazio na ponta dos dedos e igualmente um balaço de suicida, jaz aquele que comandou a fuga montado no rosilho de negras patas. O jovem os observa com o azedume de que foi ludibriado e, sem dobrar os joelhos, inclina-se e lhes abre as gargantas com quatro facadas raivosas. Depois, como alheado, limpa e guarda a faca, e delega ou regala a quem permaneceu com ele a tarefa de continuar degolando finados.

Debaixo da figueira mais a oeste, talvez a de mais grosso tronco e, sem dúvida, a de mais verde e espessa copada, está o último cadáver não degolado. Jaz de boca para cima, ensanguentado e, como todos os outros, parece pesar excessivamente sobre os palmos de terra que o sustêm. Os olhos, que ninguém, por certo, teve o cuidado de fechar, são como vidro: dois pequeninos, duros vidros, um pouco embaçados, sim, mas que refletem (ou fizeram suas, dir-se-ia) pálidas visões do manso brilho das folhas. Um homem nem moço nem velho, rosto inexpressivo e passos tranquilos, aproxima-se dele e o observa sem curiosidade. Ajoelha-se, espanta com o chapéu as moscas que passeiam no rosto do morto, pega a faca e começa a cortar. Interrompe-se, agita de novo o chapéu e enxuga o suor da testa. Vai recomeçar, mas ouve na figueira o estalo de um ramo seco. Detém-se de novo e olha para cima. Vê uma bota imóvel que pisa num ramo horizontal., vê a perna ou parte da perna, vê ou adivinha o torso oculto entre as grandes folhas. Entre galhos mais altos e menos encobertos (há um antebraço arredando um ramo flexível), vê um rosto inclinado para baixo e dois olhos que o fitam. Abre então a boca, vai gritar, mas logo a fecha, apertando-a, e continua olhando fixamente, ao mesmo tempo em que sacode com raiva o chapéu para espantar, agora de si mesmo, as infinitas moscas.

Dois olhos no alto da figueira, dois olhos ao lado de seu tronco: dois pares de olhos que se fitam num tempo que, para o debaixo, converte-se em morosa sucessão de gotas de tempo. Caem e rolam essas gotas e ele diz consigo que não conhece aquela fisionomia que está como de frente para o sol do ocaso e como no mesmo nível e se mostra vivíssima e mágica (ou não inteiramente deste mundo) na luz filtrada e ainda intensa. Vagamente pensa nunca ter visto aquele rosto em sua vida de acordado, mas que bem podia tê-lo visto ou entrevisto em algum sonho. Este pensamento, embora confuso, ameaça-lhe o equilíbrio, num ligeiro princípio de vertigem. Queria não estar ali, queria os homens na altura dos homens e só os pássaros nas árvores.

Os olhos de animal humano do escondido parecem ser, em certa medida, da figueira e sua secreta seiva leitosa, também do cair da tarde, do campo que agora se estende com a preguiça de um gato, das volúveis travessuras da brisa e até do zumbido das moscas sobre a quietude já terrestre dos corpos caídos. E olham. E intensamente olham. Olham como com luz própria, como se ardessem numa combustão interior que se somasse sem confundir-se com a luz do sol que pegavam de frente. Não expressam medo, não pedem piedade. Parecem, antes, prometer respostas em signos mudos a algumas das eternas perguntas com que os homens interrogam as sombras delimitadoras de sua condição.

O ajoelhado não afasta o olhar dos olhos que verticalmente o fitam. Está, se não hipnotizado, ao menos como enredado com eles numa adivinhação comum ou cúmplice, uma espécie de teurgia compartilhada. Segue sentindo o tempo como gotas comparáveis às gotas de suor que brotam do rosto e do pescoço e lhe deslizam no peito. Obscuramente, sabe que a situação é exasperante e sem demora há de tornar-se intolerável. Quer concluí-la, quer evadir-se para outra hora qualquer de seu futuro. Abre de novo a boca para gritar, de novo a fecha, agora de um modo que parece ser definitivo, selado. Sente-se empachado, demasiado dono de uma vida e de uma morte. É um pequeno deus, mas não quer sê-lo, ou não se sente investido em tal. Com desmedido esforço baixa o olhar. Olha com atenção para o morto ao lado. Olha para a faca, espanta as moscas. Demora-se sem motivo.

– Vamos – chama um dos outros, já de saída da ilhota de árvores.

– Já vou – responde.

Continua e termina, como exagerada circunspecção, a degola do morto. Levanta-se e se afasta com passos tranquilos.

O vento do sul

Minha casa foi erguida ao vento, ao velho e vibrante vento do Sul. Eu mesmo escolhi este lugar, na desolada garganta desses cerros, a três léguas do casario mais próximo, a uma légua do mar, justamente na rota em que o vento é mais violento. Não quis lhe acrescentar nenhuma árvore, nenhum arbusto, nada que a escondesse, nada que a defendesse. Aqui vivo sem fazer outra coisa senão viver, lenta e perdidamente.

O vento sopra sempre, ou quase sempre, e para mim toda a mofada roda do ano é inverno, ou algo muito semelhante ao inverno. Sai do mar o vento, sai com chuvas tumultuosas, com espectros polares e vozes lúgubres enredadas na espuma, e assalta a costa e sobe sem parar cerro atrás de cerro, perseguindo-se a si mesmo. As tormentas sangram e fogem sobre mim. As nuvens baixas choram nas janelas e me batem no rosto quando caminho ou cavalgo. Também vêm do mar os solitários dias e também escalam esses cerros. São dias breves, pálidos, quebrantados, que parecem ter pressa de alcançar os cumes e rolar até a insondável vala comum dos dias. As noites, em troca, tombam como mortas do céu terroso e são longas, tremendamente longas, nelas o mar se aproxima como um exército e a névoa hirta parece querer forçar minha porta. Não sei se amo ou odeio o vento. Sei que vivo nele e morrerei aqui, em seu caminho e sua presença.

Minha mulher é branca e calada. Tem a boca úmida e triste, formosos olhos verdes muito abertos. Passa o tempo numa janela que não dá para o mar, fumando. Às vezes canta com voz tão úmida e triste quanto a boca, outras vezes lê livros escritos num idioma que não entendo. Não sei se a amo. Vivemos juntos, comemos na mesma mesa, dormimos na mesma cama, costumamos nos beijar intensamente e amar em silêncio até altas horas das mais espessas noites de chuva e vento. Mas não sei a amo. Tampouco sei se ela me ama. Sei, sim, que ela odeia o vento.

E ela não sabe – ninguém sabe – por que escolhi este lugar inóspito para erguer minha casa. Isto vem de uma noite e de algo que, há muitos anos, aconteceu-me aqui. Vivia eu com ambições, com relógios, numa grande cidade onde os homens, entre edifícios eternos, sempre estão com pressa. Por um acaso que não tentarei reproduzir ou decifrar, na dita noite estava eu nesta costa e caminhava à beira-mar, empurrando meu corpo contra a substância escura e áspera do vento do Sul. Havia à rés do horizonte marinho uma lua minguante molhada e quase morta de frio, como se recém assomasse das águas. Do outro lado, cerros e céus se fundiam numa alta muralha de trevas. A solidão era completa, assombrosa: era a singela, perfeita solidão do planeta sem homens, a mesma que pressinto no rosto que a cada manhã me contempla do espelho. Caminhava, caminhava, inclinando o corpo para a frente e não permitindo que meus passos vacilassem. Mais do que um lugar, era a manhã, era a luz o que almejava como ponto de chegada. Entrementes, a lua se alçava penosamente e a noite parecia mais vasta e profunda, como a se escavar e a recuar diante de mim. Senti-me incapaz de alcançar a aurora e busquei abrigo atrás das rochas. Com detritos da ressaca e pedaços de tábuas que balbuciavam relatos de naufrágios fiz um pequeno fogo que me regalou com um prazer quase sagrado. Aturdido de cansaço e também feliz, entregue, me deitei na areia.

Uma jovem de rosto formoso e doce, e nua, morena, molhada, vinha lentamente na minha direção. Sorria e eu acreditava ver um amor conhecido e antigo em seu sorriso. Seus olhos adormeciam no fundo de meus olhos. Tênue claridade de lua verde se desfiava nela, iluminando os filetes d'água em sua pele, envolvendo-a num perfume delicado. Avançava sem mover as pernas, sem um só movimento, deslizava qual um barco, o cabelo a gotejar e as mãos abertas como flores na altura dos pequenos seios. Não era apenas de seu rosto e do remansoso, íntimo olhar, que nascia a doçura, mas de seu corpo todo, solto e quieto, da suave claridade que a rodeava e até de seu vir assim, tão serena e sorridente e como adormecida, no vento que a compelia. Esperava-a em pé, trêmulo, viril, também sorrindo. Não fui ao seu encontro. Esperei numa imóvel felicidade, sem o menor assomo de impaciência. Ela se aproximou, me deu todo o fervor de seu sorriso, estendeu-me amorosamente os braços e inclinou a cabeça com ternura e fadiga. Apertou contra mim o corpo nu e o frio atravessou minhas roupas.

O frio me despertou, tiritava junto às brasas extenuadas da fogueira. Tive de fazer um grande esforço para regressar ao mundo da vigília e não sei até que ponto logrei unir e concentrar minha alma. Levantei-me e me apoiei numa pedra, tonto, como se me faltasse o sangue. A lua tinha alcançado a metade do céu e lá estava crucificada ao vento, mortiça e milagrosa. Na altura de meus olhos, denunciando o horizonte sobre as águas onduladas, tremiam estrelas vaporosas. Tive a impressão de que a noite não era a mesma, que era ainda mais insondável, mais misteriosamente povoada, mais dona de tudo, mais noite do que antes. Senti também que algo havia mudado em mim: minha solidão era maior ou mais funda e me ardia uma ferida sem nome e sem lugar e um impulso fosforescente me coagia para as ondas. Caminhei, talvez cambaleando, recebendo no rosto os golpes do vento e das gotas raivosas. No limite das águas me detive e cai de joelhos: uma jovem nua, morena, molhada, jazia de costas no meio da espuma. Toquei nela, estava fria, gelada, tinha algas e areia no corpo. Arredei-lhe o cabelo da testa e me curvei sobre seu rosto belo, doce, debilmente iluminado pela lua, sofrendo o sorriso que jazia como outra vida morta em sua boca. Pode ser que eu tenha chorado, soluçado, não me lembro. Não sei tampouco quanto tempo permaneci ajoelhado, imóvel, com o rosto muito próximo do rosto dela e as mãos prisioneiras de seu corpo gelado. Ergui-me então com ela nos braços e de frente para o mar, enquanto o vento parecia enfurecer conosco. Eu a sustinha e a cingia, olhava para ela, com infinito cuidado várias vezes a beijei. Ela continuava sorrindo. Tinha os olhos semicerrados e em relevo o arco das sobrancelhas. E o vento crescia, crescia como algo que sobe e se afirma sobre sua própria violência. Uma onda mais poderosa chegou de um salto, rebentou nos meus joelhos e nos envolveu numa labareda branca e faminta. Apertei a jovem com todas as minhas forças e comecei a correr, fugindo do mar, do vento, a correr pela praia, pelo campo morto ao pé dos cerros. O vento me perseguia, me compelia, me batia nas costas e tentava enredar minha pernas, enquanto a pobre lua clareava como podia a areia, os charcos, o campo vazio, o páramo que se tornava pedregoso. E eu corria ainda, tropeçando, ofegando, enganchando-me nos miseráveis arbustos, esquivando-me tão só das grandes pedras. Corri até não poder levantar depois de um tombo. O vento então passava sobre mim. Durante a noite toda, por toda a interminável velhice da noite ele esteve passando sobre mim, como a galope, às vezes se arrastando, e eu, com meu corpo, protegia a jovem morta.

No preciso lugar onde caí e estive até o raiar do dia abraçado à minha morta, levantei esta casa. Aqui vivo sem fazer outra coisa senão viver e aqui hei de morrer, ao vento. O vento sopra sempre, ou quase sempre, e minha mulher branca e calada fuma na janela. Sai do mar o vento, sai com chuvas e sons lúgubres, assalta a costa e sobe cerro atrás de cerro. Também saem do mar os solitários dias e também o tempo de que se nutrem as noites.

Vivo lentamente, perdidamente ou, melhor dito, deixo que me vivam os fugazes, lisos metais dos dias, e que me caminhe na carne e nos olhos a lerda, densa, negra matéria das noites.

O GATO

"Vou te curar, patrão, não sou batizada", era a frase mais comum e esperada da negra Asunción, a curandeira (benzedeira, principalmente) daquele pequeno e perdido povoado, do qual pouca gente se lembra. Se a predição se realizava, a negra não aceitava pagamento ou presentes. Simplesmente dava, ou recordava, uma ordem que ninguém deixava de acatar: o convalescente devia ir a pé ao vilarejo vizinho, ouvir missa e comungar. Quando, raras vezes, sua ciência falhava e o doente morria, a negra se encerrava em seu rancho e só reaparecia muitas horas depois do enterro. Da chaminé, um buraco central na cobertura de palha, subia nessas ocasiões uma pesada, escura coluna de fumaça. Aquele cheiro amargo e singular noticiava aos habitantes dos campos vizinhos, aos caçadores de bichos, aos desertores e bandoleiros dos matos, que um paciente da negra Asunción estava morto.

 O rancherio começava na coxilha e descendia, esparso, até o mato e o rio. Ficava ali, já na sombra das primeiras árvores selvagens, o rancho de Asunción. Bambus e trepadeiras o escondiam. Plantas estranhas, ervas medicinais e legumes cresciam ao pé das paredes de barro e cana, onde a porta era uma abertura baixa e estreita tapada com um couro. Mais do que um rancho, era uma cabana, como se a negra, que a erguera com as próprias mãos, recordasse com a cor da pele as nunca vistas moradias de seus antepassados africanos. E os anos e os remendos lhe tinham dado uma parecença cada vez maior com as grandes cabanas circulares das selvas.

Asunción não era jovem, tampouco era velha. Tinha uma idade indefinida, marginal, estática, mas seguramente um bom número de invernos havia encorpado o rio desde o dia em que, naquela mesma margem, uma escrava fugida a parira sem ajuda de ninguém. Era alta, de carnadura justa e ossos fortes, um corpo de homem que nada tinha de másculo ou viril. Grandes, quase demasiado grandes e com unhas planas e rosadas eram suas mãos e os pés, pequeno e redondo o crânio, a pele muito negra, o nariz curto e achatado, os olhos vastos e como dotados de uma luz noturna, suaves e sinuosos os traços de seu rosto.

Tinha sido bela na juventude, dona de cadeiras largas e bem-feitas e de uma estreita cintura cilíndrica. E altos, pontudos, guerreiros, os peitos de metal negro.

Tivera homens. Homens negros e brancos que, sérios, furtivos, solitários, chegavam à cabana nas horas crepusculares, vindos de longe e com certa periodicidade lunar, como animais atraídos secretamente pelo cheiro da fêmea no cio. Homens que chegavam a pé e partiam sem que ninguém os visse, e outros cujos cavalos, ocultos no mato espesso, relinchavam de fome, de impaciência e sede. No povoado não faltava quem afirmasse ter havido, mais de uma vez, duelos de punhal perto da cabana, e até se dizia que mais de um cadáver, despojado das vísceras para não flutuar, tinha sido lançado no rio águas abaixo.

Asunción tucá teve filhos. Era voz corrente que, de longe em longe, internava-se no mato para livrar-se de algum feto sangrento, depois banhava-se no rio e regressava à cabana com andar cadenciado e cauteloso de sempre, os músculos finos e salientes marcando a saia de percal.

Também era voz corrente no povoado que a negra, quando moça, acompanhara as batalhas das guerras civis; que bebera sangue humano e satisfizera, no pasto ensanguentado, os últimos desejos eróticos dos combatentes moribundos. De resto, também não faltava quem dissesse em voz baixa que, nas noites sem lua, costumava visitar o cemitério.

Os anos apertaram Asunción sobre seus ossos, roubando-lhe a carne e o sexo. Era Asunción, no tempo em que realmente começa este relato, um ser arisco, ensimesmado, invariável. Vivia sozinha na cabana, onde já não chegavam homens, e às vezes, se nenhum paciente a solicitava, encafuava-se por muitos dias e noites nas profundas do mato. Seus passos ainda eram cadenciados, mas seu andar era agora um deslizar como sigiloso, com algo de sombra. A cara negra e fechada só se alterava, retendo algo móvel ainda mais indecifrável, no momento em que deixava de pronunciar diante do enfermo aquela sua frase que todos esperavam. Rigidamente e em silêncio voltava-se e ia embora sem olhar para ninguém. Todos sabiam então que era chegado o momento de cortar o fio da última esperança.

Uma tarde, uma tarde como tantas em que voltava do mato carregada de lenha e ervas, a negra Asunción encontrou, no meio da picada, tiritando e gemendo, um gatinho de poucos dias, um miserável gatinho malhado que a mãe, uma gata mansa e sarnosa, tinha abandonado ou perdido na hora da sesta. A negra deixou cair sua carga, abaixou-se e o contemplou demoradamente, com uma atenção suspensa e submissa em seus grandes olhos. Depois o recolheu e continuou seu caminho. Alguns que a viram se admiraram, pois ela sempre vivera como se no mundo não vivessem também os animais.

Desde então a criação daquele gatinho tornou-se a razão maior de seu viver. Com ele nos braços partia à noite para os campos. Grandes vacas xucras, úmidas de orvalho, viam-na se aproximar. A negra lhes dizia coisas, as vacas mugiam, receosas, mas não fugiam, deixavam-se ordenhar. E o gatinho bebia o leite que caía no pasto. Nas madrugadas chegava Asunción ao matadouro, em busca de sangue. Os carneadores lhe facilitavam o trabalho. Asunción encostava um jarro às bestas degoladas, derramava o sangue morno no chão. E o gatinho, além de beber, às vezes rolava nele. No campo e no mato a negra caçava cobras, mulitas, ratões, fuçava nas tocas das corujas, trepava nas árvores para buscar filhotes de pássaros.

O gatinho cresceu e foi um gato como todos, só um pouco maior e mais gordo, com algo mais feroz e voraz no seu olhar. Era um animal pesado e triste, com olhos de um verde aquoso onde faíscas metálicas tremiam como enredadeiras. Andava sempre atrás da negra e parecia não se importar com as gatas no cio.

Asunción persistia em alimentá-lo com grande cuidado e de um modo cada vez mais estranho. Embora não roubasse mais leite das vacas xucras, reaparecia com frequência no matadouro. Já não queria apenas sangue. Esperava que as reses fossem abertas para pegar um pedaço qualquer de carne, escondido dos carneadores. Na cabana fazia misteriosos cozimentos e a fumaça que subia da chaminé não tinha cheiro conhecido.

E o gato continuou crescendo. Crescendo e se deformando, como se pugnasse dentro dele uma monstruosidade. Seu pelo começou a atigrar-se e todo ele parecia, às vezes, um tigre anão, disforme.

Os moradores do povoado acompanhavam com inquietude aquela transformação que a ciência da negra ia operando no animal. E ela, mergulhada em seu trabalho, dia a dia se tornava mais esquiva, mais selvagem. como antes, continuava a encafuar-se por muitos dias e noites nas profundas do mato, mas agora regressava fatigada, a passo lento, com o grande gato exausto nos braços. Suas roupas já não passavam de farrapos que mal cobriam a pele seca e escurecida. Inventara de se adornar com dentes e osssinhos de animais. Quando falava (quando se obrigava a tanto), a voz ensurdecida provinha de metal de outra espécie, como meada falsa. Agora era difícil fazê-la comparecer ao leito de um enfermo.

O gato se mostrava cada vez mais carregado de algo poderoso, como na iminência de explodir. Um tipo de febre o possuía de quando em quando, nas horas altas do sol. Às vezes se sacudia, miando, e rolava no chão e se mordia, como se a pele o oprimisse. Outras vezes mergulhava em longas prostrações, das quais se libertava de golpe com um tremor convulso e dois ou três roncos que pareciam responder a chamados que só ele ouvia. Seus miados, nos entardeceres, nas noites, subiam até notas muito agudas e nelas se quebravam e depois se arrastavam em ásperos, balbuciantes rugidos. Frequentemente dava saltos sem objetivo ou sentido, e cheirava e mordia o vento que ventava do norte, e arranhava o ar, e empreendia fugas que logo interrompia para voltar lentamente e com um ar abatido, suplicante, entregue, aos pés da negra. Cada vez era menos um gato e mais um pequeno tigre. Ferocidade e nostalgia se confundiam em seus olhos.

-o-

Muitos dias já durava o desaparecimento da negra. Ninguém a vira no mato. A chaminé da cabana não mais lançava suas usuais colunas de fumaça e já não se ouviam, nas tardes, os miados do gato. Vários homens se aproximaram da cabana de barro e cana, na hora do meio-dia. Chamaram, respondeu-lhes o segredar do vento nos bambus. Dois deles avançaram e um cheiro inconfundível fez com que hesitassem e se olhassem. Arredaram o couro da porta. Um raio de sol descia do buraco da chaminé. Os homens viram sangue seco, alguns pedaços de carne, ossos ruídos. Num canto, quase fosforescente na penumbra, o enorme gato – o anão, monstruoso tigre assassino – mordiscava com inocência o crânio da velha bruxa.

A CASA DE PEDRAS

Branca ou gris, segundo a cor do céu, ela está no alto de uma coxilha sem árvores, rodeada de cardos e espartos. Não é uma casa e sim uma tapera, é o que permanece em pé de uma pequena casa de pedras depois, talvez, de dois séculos de abandono. Mas é muito o que se mantém ainda sem cair, pois os homens que empilharam as grandes pedras o fizeram como para sempre (viviam aqueles homens, é fácil adivinhar, num tempo que não era feito de tempos, mas de recorrentes pedaços de eternidade).

Na base da coxilha se arrasta mansamente um pequeno arroio, o *Arroio da casa de pedras* que os mapas mencionam. Este arroiozinho é bem velhaco, costuma crescer de golpe, e o ginete que, diante dele, vacila e retrocede, se olhar para os lados não pode deixar de ver, como à espera e se oferecendo, a velha casa de pedras.

Certa vez, num entardecer de inverno há muitos anos, esse ginete fui eu. A chuva torrencial tinha parado no meio da tarde, mas a ventania continuava forte e um chuvisco cortante me seguiu até a casa. Desencilhei. Meus fósforos estavam molhados e nada encontrei para fazer fogo. Meu cavalo maneado afastou-se aos saltos, procurando trevinhos entre os cardos. A noite desceu depressa e a solidão se tornou maior do que a mera ausência de companhia.

Os arreios e a fatiga podem ser bons para o sono, mas a mesma fadiga e as roupas molhadas, umas paredes sem teto, o desmantelamento nada passivo de uma noite como saqueada, tudo o que está morto e presente em uma tapera... podem não sê-lo. E veio a insônia. Não, era mais uma vigília desolada e abstrata.

Não é este um relato de aparições. Não vi luzes inquietando as trevas, tampouco vultos brancos deslizando em silêncio. O Diabo não soltou gargalhadas sinistras nem me golpeou com sua cauda vermelha. Ninguém arrastou correntes ou provocou lúgubres ruídos. Os duentes da tapera, se os houve, foram tênues e furtivos, calados, delicadíssimos, e começaram por ganhar minha alma.

Porque então, como impelido, comecei a imaginar o momento da minha morte. Depois de certo tempo mais ou menos longo tive a impressão de haver já passado por ele. Não direi que me senti morto, mas numa situação fronteiriça e paródica da morte. Ou direi, melhor, que levei (só ou ajudado, não sei) até regiões para mim desconhecidas, até confins como despenhadeiros, essa duvidosa, falsa, hipócrita figuração de estar morto, que é a única coisa ao alcance dos que todavia vivemos.

Deixei de lado a carona com que cobria a cabeça e me deitei de costas, cruzei as mãos no peito, o chuvisco dando à vontade no meu rosto. Não me recordo se fechei ou não os olhos. Se o fiz foi por causa da garoa ou para completar a atitude, pois aquela era uma noite sem céu, a noite mais sem céu das noites da minha vida. Pensei e disse comigo e pude acreditar que havia comparecido, com alguma antecipação de escassa importância – ou cuja importância se diluía minuto a minuto, como areia escorrendo entre os dedos –, à entrevista com meu jazer final. E pensei e disse comigo que era justo que a morte, a solitária morte, o definitivo *estar-só*, viesse me encontrar em tão grande solidão.

Quis ter-me por inteiro antes de ingressar na multidão nebulosa dos defuntos e convoquei minhas recordações. Ah, comprovei de imediato, quase com asco, que na memória há leis bem pouco humanas. E me deixei cair. Imóvel na treva, estirado nos pelegos e sobre as lajes frias da tapera, coberto até o pescoço com o poncho molhado que conservava o cheiro do cavalo, deixei-me deslizar, sem tristeza, liberto do meu sangue e talvez com a genérica paz dos mortos, num lento naufrágio até uma solidão sem pontes possíveis, até um vazio imenso que se parecia comigo, que assumia toda a minha identidade e era eu mesmo. Minha vida sem dias pela frente ficou inteira atrás de mim. E longe. E em pedaços desunidos, como pedaços da vida de outros. A hora da minha morte era aquela, jamais voltaria a ser um vivo entre os vivos. Um destino de sombra me esperava, até a hora em que aquela hora regressasse para me buscar, como quem se redimisse de um esquecimento. Senti uma piedade infinita, que me dizia respeito sem ter muito a ver comigo, e continuei caindo.

Me deixei cair até onde pude. Para continuar, disse comigo, tinha de agarrar o punhal e abrir as veias. Estive brincando com a ideia de fazê-lo. Expressei-me mal: era *ela*, a ideia, que brincava comigo. E seus brinquedos foram ficando perigosos.

Mas algo inesperado aconteceu: acudiu-me uma espécie de espectral fraternidade dos homens sem cara e longamente defuntos que, havia muito tempo, quando meu nascimento era apenas uma misteriosa possibilidade, tinham escolhido, juntado e empilhado as pedras daquela casa. Essa fraternidade, num primeiro momento, chegou timidamente, como receando me assustar, como provando seu lugar em mim, e logo cresceu como um dia que se abre sobre a terra. E *ela*, a ideia, foi batendo em retirada. Aqueles homens, disse comigo, tinham vivido suas vidas e tinham morrido – jovens ou velhos, não importava – todos a seu tempo, a seu justo tempo, porque era a morte, afinal, quem mandava nos relógios e nos calendários, quem cravava banderilhas negras no lombo dos dias, dos meses, dos séculos. Um morto de mil anos era irmão de um morto de minutos, do qual, vivo, um infinito me separava. Ser vivo não era ser um morto em espera ou um esquecido da morte.

 E então dormi quase feliz, pensando que um fosco fragmento de lua apareceria antes do amanhecer e agradecendo à milagrosa segurança que permitia vaticinar assim, tão simplesmente, coisas como a aparição da lua.

As formas da fumaça

Noite, alta noite e o homem está deitado numa cama estreita, numa peça que pertence quase inteiramente à penumbra, numa casa cujo único habitante é ele mesmo. Deitado de costas, ainda veste a roupa gris de seu dia a dia. Tem nas mãos o livro e o cigarro, um pouco aquém donde desfalece o país da lâmpada.

Seguem as linhas da escrita os olhos do homem, às vezes se demoram em outras formas sem forma que a fumaça mente desde sua boca: é quando abandona o livro sobre o peito e fuma. Então seus olhos naufragam em sua própria, obscura fotografia, e o homem contempla o que está sem estar nas formas da fumaça. A cinza cai no cinzeiro, logo o toco do cigarro, depois um fósforo, e mais cinza e outro toco, ele olha às vezes para o livro, às vezes para as formas da fumaça ou para aquilo que, nelas, sua alma projeta e compõe.

Há também outras vezes em que os olhos parecem fazer uma pergunta. É que, ao lado da cama, no chão, está o telefone, o pequeno aparelho negro que apalpa a cidade como um deus insone, enredado e cego, cujo toque o homem está à espera. O telefone há de convocá-lo a uma alcova, ao leito da mulher que reiteradamente se compõe e decompõe nas formas da fumaça.

O homem deseja, como um afogado de muitos corpos, descer os rios daquela mulher até a quieta fonte central, perder-se na região de noite acendrada que ela encerra, mergulhar no que lhe confere ou lhe empresta a terra úmida que dorme na sua carne.

Há dias na vida desse homem em que ele se surpreende vivendo como um morto rechaçado pela morte e relegado a uma pálida, desmantelada comarca sem consistências ou dimensões, perguntando-se tudo, dando gritos que ninguém pode ouvir, golpeando em vão as mãos no ar que não vibra, decaindo da memória das coisas e derrotado por uma espécie de distanciamento imóvel, uma ausência de si mesmo. São horas, dias em que ele sente perder os pés, precipitar-se até a morte e, no entanto, remanescer, devorado e sem devorar, inútil sobrevivência.

Algo parecido (ele o sabe) o espreita nessa noite, desde a penumbra do quarto, e ele fita com olhos suplicantes o telefone mudo. Deixa cair o livro no chão, cerra as pálpebras, encolhe-se, refugia-se. Retrai-se até onde sua alma guarda lembranças da felicidade animal que em algum dia viveu e, em certas manhãs da infância, suspendeu-o sobre a terra. A terra que ainda não era uma forma tão vaga como as formas da fumaça nem um girar e um errar *porque sim* nesse vazio. E pensa o homem no menino que ele foi: desamparado milagre que hoje, talvez, é o pranto de um anjo.

Pensando no menino começa a adormecer. Sonha. Desce – ou seu corpo o leva, com vontade própria – uma escadaria cavada na rocha, cujo final desconhece. Desce por um tempo largo e minucioso e também veloz que se acelera para baixo como a água negra que mana das paredes. Chega a um vasto vale subterrâneo. Esse lugar, onde o silêncio tão profundo quase entorpece os movimentos, é mais sombrio do que a sombria escadaria, embora pareça mais irisado por claridades furtivas e débeis fosforescências. Põe-se a andar sem rumo e nota que não está sozinho. Detém-se. Descobre que está no meio de uma multidão calada, densa, unânime, sossegada: um bosque de sombras que não se movem, palpitam como relógios lentos e sem som, como vísceras de terra quase adormecidas. Registra com o corpo a presença dessa multidão, da qual se desprende um chamado surdo e mineral. As sombras o rodeiam como animais mansos e fiéis e o solicitam intensamente. Nelas não há nada de hostil. Parece-lhe sentir que seu sangue se apazigua, aquieta-se, adapta-se à vagarosa palpitação das sombras. Começa a sentir-se bem, muito bem, como se se incorporasse a uma ordem perfeita, a um acordo total e definitivo. Mas ouve uma voz que o chama pelo nome e reconhece a voz de seu irmão maior, já morto. Inexplicavelmente, estremece. A voz do irmão o chama com doçura, cada vez mais próxima. O homem diz consigo que precisa sair dali, escapar. Corre de um lado a outro entre as sombras que se apartam. Encontra um corredor em cujo fundo vê trêmulas raias de luz, A voz continua repetindo seu nome, agora com certa urgência triste. Ele corre na direção das luzes e elas se afastam. Corre até cair, exaurido. Não pode levantar-se. As luzes se fundem numa só, agora imóvel.

　　Está sentado na cama, suarento, ofegante, e em seus olhos há uma fluência de vertigens. Espia ao redor, passa as mãos na testa, tira da lâmpada a pantalha de metal azulado. A lâmpada clareia de súbito todos os cantos do aposento. Acende um cigarro e fuma com movimentos curtos, precisos, seus olhos parecem centrar-se no rastro da fumaça que sopra com força. Algo o magnetiza e o retém no sonho que sonhou. Abandona a cama, mais um cigarro. Abre a janela e se oferece à noite. Um frio límpido e agudo lhe penetra os ossos, mas não se afasta nem fecha a janela. Fuma, soprando a fumaça para o alto, para as estrelas geladas. Ouve dois ou três latidos apagados, a tal ponto estranhos à noite invernal e citadina que parecem sobreviver a esfarelados ossos de cães. Ouve também apitos de trens que partem para atropelar a madrugada nas vilas suburbanas. Fuma.... e acredita ver que atrás das estrelas, no negrume infinito, de algum modo preexiste ou se tece ou se enraíza o sonho que sonhou. Fecha a janela e busca na parede a fotografia de seu irmão, pendurada, invariável, debaixo de uma prateleira de livros, com o naufrágio tácito e a agonia suplementar que sempre têm as fotografias dos mortos. Retira-a da parede e vai até a lâmpada. Ergue a foto com as mãos trêmulas e fita aquele rosto (cópia desvalida de um rosto que a morte já desfez e eliminado dos rostos do mundo) que mendiga eternidade à cartolina. Por vários minutos o fita, sem poder reprimir o tremor nas mãos. Recoloca a fotografia no lugar e permanece em pé, como desorientado, no meio do aposento. Pensa que de um momento para outro, dentro de si, vai ouvir elevar-se a voz do irmão. Sente frio e cansaço nos ossos verticais. Pensa que os ossos dos mortos não contrariam o rodar da terra, antes o acompanham e nele se integram.

Prorrompe então, violenta, a campainha do telefone. O homem dá dois passos. Ainda vibra o telefone. O homem para ao lado, mas nada faz senão observá-lo. Nem se inclina. Chama repetidas vezes o aparelho, torna a chamar, torna a interromper-se, chama quase desesperadamente, emudece por fim. O homem não se moveu. Aguarda um momento e logo se despoja quase com fúria de suas roupas e se deita na cama estreita e se tapa com os cobertores. E apagando a lâmpada, reivindica o sono com os olhos apertados, porque não está distante a hora em que aurora, ao sair para os vivos, invade também os cemitérios.

O diabo não dorme

A vastíssima noite, embora de lua bem escassa, em nada era soturna. Doradilla troteava com desenvoltura e o caminho pelo campo aberto estava liso, não sacudia demais a charrete. Nesta, vão um homem jovem e um menino de mais ou menos dez anos.

A égua viu antes do que o homem o pouco que se pode ver de um alambrado transversal e a correspondente porteira: do trote passa ao tranco e para por si só. O homem entrega as rédeas ao menino e desce.

– Passa tu com ela – diz. – Passa com cuidado e segura bem.

– Tenho força de sobra – diz o menino.

O homem abriu a porteira, o menino passou com a charrete e a deteve. O homem fecha a porteira e volta a ocupar seu lugar no pescante.

– Me dá a rédea.

– Tenho força – repete o menino, com orgulho.

– Já sei – diz o outro, retomando as rédeas e estalando os lábios para que a égua recomece o trote. – Já deu pra ver que tens muito mais força do que a égua...

– Tio, por que a lua tá assim?

– Assim como?

– Tão pequena, torcida.
– Porque sim. A lua fica grande ou pequena porque quer, quem resolve é a vontade dela. Às vezes se esconde por uns dias, também porque é esta a vontade dela.
– A lua é de água, não é?
– Não, dizem que é de pedra. Fica quietinho.
– Se é de pedra, por que não cai?
– Não sei, pergunta pra tua professora. Te disse pra ficar quieto.

Aquele homem sentia um carinho muito grande pelo menino, filho único de sua irmã, em cuja pequena estância vivia e trabalhava. O menino, por sua vez, tinha uma verdadeira adoração pelo tio, que com frequência brincava com ele como se não tivesse nascido vinte anos antes, que era quem lhe encilhava o petiço e o levava ao campo, que lhe fizera uma pandorga e o ajudava a consertá-la, que lhe permitia acompanhá-lo em curtas viagens de charrete.

O menino permaneceu em silêncio, não por muito tempo.
– Tu tá sentindo uma coisa, tio?
– Não, filho, não tô sentindo nada.

Não mente o homem: é verdade que não está sentindo nada de especial. Mas algo que não se deve perguntar o que é (algo que, por certo, tem muito a ver com o tamanho e as implicações da noite) faz com que prefira o silêncio a qualquer conversação. Com voz branda, acrescenta:
– É bonito ir quieto.

Mas o menino não se cala:
– Quantas porteiras faltam?
– Três.
– Em todas vou passar com a charrete, não é?
– Sim. Fica quietinho, é melhor.

Outra vez a égua antecipou-se ao homem, passou do trote ao tranco e parou por sua conta diante da porteira. O homem entrega as rédeas ao menino e salta. Quando volta, o menino pergunta:

– Tio, hoje não tem menos estrela no céu do que em outras noites?

– Não sei, pode ser.

– Onde é que estão as outras?

– Sei lá. Vai ver que estão dormindo.

– Ué, estrela dorme?

– Claro, tem que dormir. O único que não dorme é o Diabo.

– Por quê?

– E eu sei? Mas teu vovô sempre dizia que o Diabo não dorme.

– Meu vovô era teu pai e morreu quando eu era pequeno, não é?

– Sim, mas não me pergunta o que já sabes. Fica quieto, tá?

– Conta como o vovô dizia.

– Ele dizia que eu tivesse cuidado, que não facilitasse, que nunca me esquecesse que o Diabo não dorme.

– E onde tá o Diabo, tio?

– Dizem que em todos os lugares, que rola como uma bola.

– E ele é ruim?

– Ruim demais, ruim mesmo – diz o homem e sorri, pensando na brincadeira que lhe ocorreu. – Não me chama mais de tio, agora não sou teu tio, sou o Diabo.

– Não, tio!

– O Diabo, o Tinhoso.

– Não!

– Me virei no Diabo. Amanhã pode ser que eu volte a ser teu tio, mas agora sou o Diabo. Fica quieto!

– Não, tio, não faz isso!
– Já disse que não sou teu tio – diz o homem, com voz cava.
– Sou o Diabo. E com o Diabo não se brinca, fica quieto.
– Quero meu tio. Onde tá meu tio?
– Comi. Amanhã pode ser que eu cague teu tio, mas agora tô com ele aqui no bucho. Ou tu fica quieto ou como teu tio pra sempre.

Um grande medo invade o menino, que se cala. Sabe que o tio está inventando tudo, mas vive a mentira do mesmo modo que vive um pesadelo aquele que sabe que está dormindo. Está a ponto de chorar e sente um calafrio e bate os dentes. Fecha os olhos e começa a ouvir como nunca os rangidos da charrete, os cascos da égua e o silêncio do campo adormecido.

Doradilla para em outra porteira, o homem diz "Pega a rédea" com sua voz habitual. O menino abre os olhos, obedece e pensa notar que as rédeas estão muito quentes. O homem salta para o chão. O menino mantém os olhos muito abertos e lembra com asco e terror ter ouvido dizer que o Diabo vive no fogo do Inferno.

Aquele menino vira certa vez, num almanaque, um desenho do Diabo: vermelho e de cornos curtos, barbicha pontuda, rabo como de um enorme gato, a esgrimir um garfo descomunal. Agora olha com uma atenção quase dolorosa para a sombra que abre a porteira e fica de lado para dar passagem à charrete. Não é vermelha, não, e não se enxergam os cornos, mas está rodeada e acentuada por uma claridade inquieta que é mais do que a da escassa lua, que não pode ser natural, que até poderia ser algo avermelhada ou provinda de uma fonte dessa cor. Não tem rabo visível, mas em certo momento (ao inclinar-se para a tranqueta da porteira) algo – um rabo secreto? – empurrou para trás a larga bombacha gris.

A charrete avança uns metros e para, sem que o menino (que a cada vez duvida menos do avatar do tio) saiba se a égua parou ou não por conta própria.

– Me dá – diz o homem, que acaba de subir.

O menino entrega as rédeas, cuidando para não tocar na mão que as pega. A égua retoma o trote.

– Tio... – experimenta, pouco depois, a voz do menino.

– "Dom Diabo", não te esquece – corrige a voz cava.

O menino se cala. Tem a boca seca e mal domina a vontade de urinar. Consegue dizer, por fim:

– Quero fazer xixi, tio.

– Não é assim que se fala – troveja a voz. – Tem que dizer "Quero mijar, Dom Diabo". Espera um pouco. Vamos mijar nós dois na outra porteira. O Diabo também mija, sabia?

Doradilla para na última porteira. Diz o homem: "Se queres mijar, desce agora". E salta para o chão e maneia as patas dianteiras da égua. Volta-se e põe-se a urinar de frente para a lua.

O menino desce com dificuldade. Com as pernas frouxas encaminha-se à parte de trás da charrete. Pensa em fugir, mas a noite imensa e o campo sem limites o apavoram e, ao medo e ao frio, soma-se a cólera do animal encurralado. Seus dedos não se entendem com o botão da braguilha, urina na calça, o líquido morno lhe escorre perna abaixo. Começa então a chorar, silenciosamente. Chora de humilhação, de impotência, de uma raiva que cresce. Levanta com fúria os punhos para descarregá-los na tábua posterior da charrete, mas perde o equilíbrio e bate a cabeça na quina de um caixão que assoma sobre a tábua e contém, ele sabe, uma pesada chave de ferro que se usa para tirar as rodas quando se engraxam seus cubos. O forte golpe, que ele sente como uma agressão, corta-lhe imediatamente o pranto.

O homem abrira a porteira e acabava de se acocorar para desmanear a égua quando a boca hexagonal da chave golpeou violentamente sua nuca. Ele deu um grito rouco e dobrou-se para a frente, de joelhos, os antebraços apoiados na terra. Doradilla, alarmada, tentou pular e o empurrou para o lado com as patas maneadas. Outra pancada na nuca lançou o homem de bruços, embora meio ajoelhado. Sua *campera** marrom deslizou para os ombros, apareceu uma nesga da camisa clara e, sobre essa nesga, na penumbra, destacou-se com certa nitidez o cabo negro do punhal que usava na cintura. O menino estendeu a mão... e ninguém ouviu a gargalhada do Diabo quando a punhalada feriu o homem debaixo do omoplata esquerdo, oblíqua e mortal.

---

* Jaqueta de uso campeiro.

Hemisfério de sombra

Para José Pedro Díaz

A mulher me dissera que estaria sozinha em casa, que fosse tarde para não ser visto por vizinhos, e eu, depois de um jantar leve, demorei-me folheando um livro e ainda ouvi pelo rádio o informativo da meia-noite. Na rua, andei várias quadras cantarolando os primeiros versos de *Mano a mano* – versos que não vinham muito ao caso, porque não evocava a fulana *rechiflao en mi tristeza*, mas na expectativa de uma boa noite de amor como as que tivéramos em outros tempos, antes que inventasse de casar-se.

Ela abriu a porta e me fez passar sem dizer palavra. Quis beijá-la, esquivou-se. Chaveou a porta e, parada, parecia hesitante. Tinha o cabelo revolto e um copo na mão. Percebi que estava embriagada. Havia contrariedade em seu rosto, sobretudo no desagradável modo de olhar.

– Já faz horas que estou esperando, tu és um filho da puta.
– Pediste que eu viesse tarde.
– Mas não tão tarde. Há horas que te espero, que raiva me dá! Que merda estavas fazendo?

Não respondi e ela, olhos baixos, começou a andar de um lado para outro, como as feras do zoológico. Vestia uma camisola branca bem decotada e, sob a camisola, nada. Quase não faziam ruído as chinelinhas de juta de salto alto. Sentei-me numa cadeira de vime junto à mesa, onde havia uma garrafa de canha já pela metade. Achei melhor esperar que passasse a bebedeira e acendi um cigarro. Pendendo do teto, difundia luz forte demais a lâmpada de um globo verde. Fazia calor, esvoaçavam umas poucas moscas e eu fumava em silêncio. Ela ainda caminhava, carrancuda e muda, intensamente desejável em sua camisola nada ocultava. Por fim, me alcançou um cinzeiro e um copo, dizendo que me servisse da bebida, se quisesse.

– Comprei agora à noite, mas não foi pensando em ti – acrescentou, como em desafio.

– Te venderam cheia?

– Não banca o sabido – grunhiu.

Tinha parado do outro lado da mesa, de frente para mim e muito tesa. Admirei-lhe a perfeição dos seios e, através do tecido, as moedas de vinho dos mamilos.

– Gostas das minhas tetas, não é? – ela disse. – Olha bem pra elas. Vou fazer 30 anos e elas são novinhas. Tu gostas, não é?

Assenti com a cabeça e disse que, de fato, ela estava no ponto.

– Sei bem que estou no ponto – disse, agressiva. – Sempre estive no ponto, desde pequena estou no ponto. Na escola – seguiu, em tom menos áspero – os guris da zona andavam secos pra me bolinar. Por estar no ponto é que me descabaçaram aos 13 anos. E sabe quem foi? Um amigo teu. Sabias?

– Acho que não.

– Pois não vou te dizer o nome. Morreu. Fiquei contente quando me disseram que morreu. Ele fazia comigo o que queria, me tinha presa como uma pandorga. Não fui no enterro dele, por que deveria? Me alegrei quando soube que se ralou, é a pura verdade. Mas depois sonhava com ele, vendo-o quieto e com uns vermes bem criados que se moviam, e assim mesmo as mãos dele queriam me agarrar e os olhos me olhavam aqui dentro. Me acordava gritando. Minha mãe me dava mate com maracujá, e uma curandeira, nas noites de lua, me costurava uma bolsa com cinza na calcinha. Dizia que era cinza juntada na sexta-feira santa e conservada em pano bento. Depois vieram outros machos, claro. Entre eles tu, me levando pra trepar na chácara do teu tio e eu morria de medo e não dizia nada. Depois apareceu meu marido. Um infeliz. O que ele queria era casar. O pobre pensava que, por estar casada, eu mudaria. Era só o que faltava! Me cago pra esses juízes com uma bandeira na pança, dentro do livrinho, pra esses padres comedores de cu. Me dá canha!

Servi-lhe um pouco e outro tanto no meu copo.

– Bebe devagar. Não vou te dar nem um pingo mais.

Tomou um gole, cambaleando ligeiramente ao levantar a mão e recomeçando seu passeio de fera enjaulada. Ia de parede a parede, rezingando. De repente, como se tivesse entrado em erupção, ergueu a voz num monólogo que se iniciou com violência.

– Estou farta dos homens, tá entendendo? Farta de pelos, de barba que me arranha, de cheiro de suor. Babacas! Babacas é o que vocês são. E me agradam, claro que me agradam. Mas não quero mais, tá entendendo? Babacas! Estou farta de encherem minha boceta de baba grossa, estou farta de lavar a porra dos lençóis. Não quero mais, tá entendendo? Sempre gostei de abrir as pernas pra homem, mas não quero mais. Gosto de abrir as pernas, sim, gosto de pegar o ceguinho pra meter no lugar certo, gosto do entra e sai. Sim, o entra e sai, mais do que gozar. No fim do gozo o amor cai da cama. Cai e sai correndo como uma galinha assustada e a gente fica mais sozinha do que antes de começar. E tem mais: quando vocês deixam a gente pela metade e vão dormir. A cama fica como se tivesse pulgas, a gente quer outro pouco e, por isso, não consegue dormir. E depois já não sabe mais o que quer e então fica como quando era pequena e tinha vontade de chorar por qualquer porcaria. Ou chorar só por chorar. E vocês dormem como uns benditos, às vezes roncam. Não têm consideração! Então a dona se levanta, dá uma bruta mijada e vai comer um resto do jantar, se é que tem, depois come todo o pão velho que encontra e depois se dá conta que nem fome tinha. Não quero mais! Desde que me conheço por gente os homens me perseguem como se eu fosse uma cadela corrida. Mas os cachorros só perseguem as cadelas quando elas estão no cio e a mim eles me perseguem sempre. E eu nem sempre estou corrida, porra, tão puta eu não sou. Putíssimos são os homens. Eu gostaria de ser como as cadelas, mas não quero ser como as cadelas! Quero ser como eu, como eu mesma, mas de outro jeito. Como eu, mas melhor do que eu e sem problemas de machos. Não quero mais machos. Quero ser como eu era em menina e chorava porque sim. Agora não quero chorar e não quero mais machos. Hoje queria foder, não nego, mas agora não quero mais. Não quero mais com ninguém, não quero mais nunca. Falo sério. Quando me der gana sei bem o que fazer. Tá vendo só estes dedinhos? São meus, muito meus. Não preciso de ninguém. E não há perigo de que eles me deixem horas esperando, nem de que me emprenhem ou sujem meus lençóis de porra. Não há perigo de que me façam chorar quando não quero. Eu não quero chorar, caralho! Pode ser que eu chore, mas não como antes, é de raiva...

    Aproximou-se com cara de quem continha o pranto e me alcançou o copo.

– Me dá canha!

Neguei, lembrando já ter dito claramente que não o faria.

– Me dá um pouco – insistiu.

Tornei a negar e ela ergueu o copo para me atirar. Levantei-me rapidamente e a agarrei pelo pulso, tomando-lhe o copo. Ela me deu um tapa, pude me esquivar e agarrei o outro pulso, obrigando-a a baixar os braços. "Me solta, guaxo", gritou, mas não a soltei e ainda lhe dobrei os braços às costas, segurando-os com uma das mãos, e a sujeitei pelo cabelo. Quis me cuspir, um soluço a afogou. Disse-lhe em voz baixa que fizesse o favor de ficar quieta.

– Não faz isso comigo – disse, chorosa. – Me solta.

– Fica quieta – murmurei, atraindo-a para mim.

Em seguida ela afrouxou o corpo e pôs-se a chorar, encostando a cabeça no meu peito. Larguei seus cabelos e a acariciei na nuca. Ela chorou mansamente por vários minutos, depois ergueu o rosto e tornou a pedir que lhe soltasse os braços. Acariciei-a um instante mais e a soltei. Ela enxugou o rosto na camisola e forçou um sorriso. A bebedeira talvez tivesse desaparecido.

– Acho que estou louca. Mas não é culpa minha se fiquei com raiva, tanto que esperei. Não briga comigo, me dá um beijo.

A boca – a formosa, forte boca – estava úmida, salgada, muito quente. Senti sua língua. Depois pediu que a apertasse como se a amasse muito. Ao desfazer-se o abraço seu rosto estava limpo e quase alegre, como um rosto de menina.

– Vou me deitar. Vens?

– Vai tu. Vou em seguida.

Deixou entreaberta a porta do quarto. Voltei à cadeira, à bebida, aos cigarros. Recém então comecei a ouvir e registrar o silêncio entre os ladridos que sempre vela e assedia o sono dos povoados. Embora não tivesse relógio, sabia que não estava longe a hora mais exangue e porosa da noite, a hora em que a morte anda solta e se costuma chamar de a hora do lobo.

Também sabia que lá fora, já em descenso, havia um arco de lua muito branco e frágil, como de papel. Mas eu nada tinha a ver com a lua. A canha estava quase no fim, eu bebia em goles cada vez menores e fumava e pensava. Meus pensamentos eram confusos e um tanto insensíveis. A noite, cumprindo sua parte, aprofundava-se e se devorava numa única operação, em curiosa autofagia. Ocasionais excrescências do tempo fumegavam de tanto em tanto de algum toco de cigarro no cinzeiro. Muito perto, apressado e estridente, um galo cantou. Mais longe mugiu uma vaca, com um mugido que parecia clamar não por seu terneiro, mas por sua própria alma. Ao ver que me sobrava um só cigarro, resolvi que devia fumá-lo ao lado da mulher.

 Empurrei delicadamente a porta, deixando-a aberta para que iluminasse o quarto. Sem querer pisei na camisola jogada no chão, mas não a recolhi. Ela – agora escreverei seu nome, Rosário – dormia no centro da cama, nua e como em escorço sobre a colcha grená, os braços em cruz, a cabeça fora do travesseiro, um joelho mais erguido do que o outro, a respiração irregular, entrecortada, laboriosa. Com cautela arredei uma cadeira, sentei-me e acendi o último cigarro. Ao fazer estes movimentos percebi que também em mim a bebida exercitava suas diabruras. De quando em quando Rosário se movia, murmurava algo indecifrável, emitia um débil suspiro, gemia. Eu a olhava e fumava e mantinha com minha semiembriaguez relações contraditórias de afeto e certa hostilidade.

 Rosário na cama era carne de mulher no mundo, vísceras lutando contra a invasão do álcool, talvez pesadelos de excitada e de bêbada. E era não mais do que uma folha de uma selva infinita de mulheres vivas e mortas, uma irmã das fêmeas bíblicas, de todas as putas de todos os séculos, das mães de homens capazes de inventar o inferno, das bruxas de Goya, da Marion

Bloom de Joyce, da gorda Brunelda de Kafka. Ao mesmo tempo, solitária e desacompanhada, era a cifra secreta de si mesma, uma mulher singular num arrabalde sul-americano onde também estavam os deuses. Era carne mortal, mas estava viva e era jovem, era carne mortal e nem por isso triste. Era carne feita para a alegria de estar viva, para a comida e o vinho e o amor e os risos, para a festa de viver. "A carne não é triste", pensei, contrariando a lembrança de um verso famoso, "o que não é carne, se existe, isto sim que é triste".

A cada poucos minutos, com inexplicável regularidade, a pele de Rosário se cobria de suor, uma multidão de diminutas gotas que afloravam como atendendo a uma voz de comando. Chupavam, ávidas, a luz que entrava pela porta e velozmente se evaporavam. Eu queria acariciar e beijar aquela pele, cheirar aquele suor, penetrar aquela carne, mas sabia que não faria nada disso, porque algo, dir-se-ia a vigilância de uma dignidade sem sujeito, vedava-me toda intenção erótica.

Em dado momento me surpreendi pensando que Rosário estava morta. Sabia, por certo, que não era verdade, podia ouvir sua respiração, mas ainda assim, talvez por causa da bebida, eu a vi entregue à calma dos que se aquietaram sem volta. Fitava-a, curioso. Como a maioria dos homens, estava habituado a ver somente o rosto dos defuntos. A extensa nudez daquele corpo fez com que o visse fixado na morte como as folhas de uma planta na lâmina de um herbário. Incomunicável, mais do que nunca esgotado no limite de sua pele, sem dúvida era o mesmo que eu desejara um momento antes como o complemento ou a contraparte do meu. E era também, embora a lembrança parecesse encaixar-se em outra história, o mesmo corpo que, com sua fração de mistério vivo que tem todo corpo de mulher, eu apertara assim, desnudo, contra mim, e tivera tantas vezes ao meu lado, talvez com mais mistério, na comunhão do dormir compartilhado. Agora, como morto e agregado abusivamente ao mundo, mostrava pouco menos que perversamente, com afrontosa impudência, toda a projeção da morte, um outro, multiplicado mistério.

Rosário suspirou, moveu a perna, deixei de vê-la morta e esfreguei os olhos. Fazia muitos minutos que o cigarro me queimara os dedos e o largara no chão, esmagando-o com o calçado. Tornei a olhar para Rosário, ela dormia sossegadamente. Em minha cabeça os garranchos da canha davam lugar a uma mescla de fadiga e lucidez. Nada tenho a fazer aqui, pensei.

Levantei-me, ajeitei com cuidado o travesseiro sob a cabeça dela e saí do quarto, fechando a porta com igual cuidado. Na outra peça, ouvi novamente os cachorros que, naquele instante, pareciam latir e uivar com redobrada gana. Bebi, em pé, o que restava da canha. Peguei lápis e papel e escrevi: "Volto logo". Deixei o bilhete na mesa, debaixo da garrafa vazia. Apaguei a luz e saí, lamentando ter de deixar sem chave a porta da rua.

A casa de Rosário ficava aproximadamente a cinco quadras da minha, agradava-me a ideia de caminhar pela rua na noite serena e tíbia. Oculto atrás das casas, dos ranchos, das árvores, o arco da lua com certeza já se despedia sem vontade na linha do horizonte. O povoado inteiro dormia.

Decerto havia homens acordados no café da praça, na delegacia de polícia, em algum velório, alguma casa de jogo, no hospital, em algum salão ou bar na quadra dos prostíbulos, mas assim mesmo não cometo nenhum exagero ao dizer que todo mundo dormia. Cantavam os galos, mas não ainda em apertado coro, e eu não buscava o coração da noite nem as barras do dia e tampouco algo de mim mesmo, caminhava sabendo quem era, de onde vinha e a que vazio de mim havia de chegar.

Do episódio que acabara de viver me acompanhava, impreciso, apenas perceptível, certo desejo de crer em Deus para lhe apresentar minhas queixas, minhas reprovações... ou para lhe dar, sem muita veemência, uma puteada convencional. As casas não eram, como quase sempre nessas horas, comparáveis a cofres, com recônditas criaturas dormentes. Havia gente que dormia com as janelas escancaradas ou entreabertas. E de vez em quando, ao passar, eu ouvia breves ressonos, íntimos assobios nasais, alguma tosse de fumante.

Tinha certeza de que, 18 ou 20 horas depois, ia caminhar no sentido inverso até a casa de Rosário, até a pele e o corpo de Rosário – o que eu não suspeitava era que, depois, ia caminhar também para algo novo ou por nascer em Rosário, ou em mim com relação a ela, algo que depois eu aprenderia a somar ao meu modo de desejá-la e ao som do nome dela. Naquela noite entrevira uma Rosário desconhecida e mesmo uma Rosário morta, e já se sabe, já se disse que o amor aponta para o que está oculto em seu objeto, que seu grande incentivo é o hemisfério de sombra que o outro possui. Como em outras noites, pensei que o povoado adormecido tinha limites diferentes, muito menos limitantes, do povoado desperto, pela simples razão de que os sonhos são faltos de toda classe de fronteiras, de toda a contenção mais ou menos previsível. Também como em outras noites, pensei que muitos dos mortos do cemitério lateral andariam como fantasmas ou pedaços de fantasmas no interior das casas, atendendo ao chamado de muitos dos vivos que estariam sonhando com eles.

Naquele tempo eu vivia só e minha casa me recebeu como sempre me recebia nas noites em que voltava tarde: como se tivesse aproveitado a minha ausência para tramar um punhado de mistérios furtivos e ao mesmo tempo familiares. Eram mistérios – melhor dito, misteriosidades – que sabiam aludir a todos os mistérios maiores e menores, desde a mudez dos céus até os miados lamentosos de minha gata em certos entardeceres, desde o abismo da morte até, naquela madrugada, o labirinto talvez sem centro de uma mulher que dormia solitariamente em sua casa suburbana. No campo minado e pelas teias dessas misteriosidades, entrei no meu quarto e comecei a me despir.

A COMPANHEIRA

Corria o ano de 1939, a chamada Guerra Civil Espanhola havia terminado e meu amigo José Luís Monteros, nascido em Madri no começo do século e falecido em Montevidéu na década de 60, estava preso no Quartel da Montanha. A cela em que se encontrava tinha dois metros de comprimento por dois de largura e mais ou menos três metros e meio de altura. Acusavam-no de ter participado da longa defesa de sua cidade natal.

A cela (conta José Luís) era a última de uma fila de celas, na ponta de um galpão que um dia, por certo, tinha sido uma estrebaria. A porta de madeira era reforçada e lisa. Perto do teto havia uma pequena janela quadrada com quatro barras de ferro. Por ali o prisioneiro, se ficasse em pé no catre, podia ver parte de um muro branquicento e uma parte menor do céu. O cubículo fedia a umidade, a urina velha, a ausentes ratões, a sigilosas baratas. O piso era de lajes desparelhas e o reboco das paredes sujo e riscado, com manchas, raspaduras, letras, números.

José Luís estava detido sem processo, por tempo indeterminado, e isso dava ao seu dia a dia uma sensação de falsidade e de uma especial inconsistência (tinha resistido, sem render-se, a muitas horas de tortura, e o possível fuzilamento mantinha-se em suspenso num futuro viciado de irrealidade). A luz da janela era bastante para que pudesse ler, mas só podia ler sentado à beira do catre, não lhe permitiam reclinar-se desde a metade da manhã até depois da meia-tarde, vigiando-o por um minúsculo orifício na porta. Livros e cigarros eram trazidos por sua mulher na breve e turbada visita mensal. De manhã bem cedo e ao anoitecer dois carcereiros armados o conduziam, algemado, a uma latrina distante. Frequentemente aparecia um terceiro, conduzindo pela corrente um cão enorme e sempre colérico (José Luís não deixava de acrescentar em seus relatos de presidiário que receava mais o cão do que os homens). Duas vezes por dia traziam a panela de comida, que depositavam no chão e da qual devia servir-se – não muito – quase de joelhos. Por longas horas fumava, vendo a fumaça elevar-se na penumbra e, como animada de secreta alegria, sair sem pressa pela janela. Mais de uma vez pensou que envelhecia à margem do tempo. Dormia mal e não fumava na escuridão. Os sonhos, em geral pesadelos, pertenciam à estranha categoria das aventuras impessoais.

 Não há memória do século sem número em que os homens, talvez até das cavernas, começaram a encerrar seus semelhantes, mas é sabido e consabido que todo homem encarcerado vê-se assaltado pela tentação do suicídio, da evasão pela morte. Ninguém ignora também que são normas carcerárias as precauções que impedem aos presos a *autoeliminação*, esta a fórmula usada para nomear uma fuga que tem muito de deboche e bofetão, deixando um cadáver frio e duro como insulto.

 Meu amigo José Luís sofreu, como todos, essa tentação. A ideia de suicidar-se, de fugir como a fumaça e atrás da fumaça, começou a rondá-lo com insistência desde o início do cativeiro, quem sabe desde o dia em que fora empurrado, com a grosseria regulamentar, costumeira ou ritual, para o interior da cela, quem sabe desde o minuto em que ouvira pela primeira vez, através da madeira da porta, os ruídos inapeláveis da tranca e do cadeado. Mas como matar-se? Impossível. Impossível? Talvez não, talvez pudesse... sim, talvez... talvez houvesse algum jeito de se pendurar nas barras de ferro da janelinha.

José Luís estava bem vigiado. Durante quase todo o dia e boa parte da noite ouvia as vozes abafadas e as risadas dos carcereiros perto de sua porta. Várias vezes por dia um olho de ninguém, um olho monstruoso piscava por instantes na pequena vigia. Impossível suicidar-se. Impossível, mesmo? Não, quase impossível, melhor dizendo. A ideia trabalhava nele, excitava-o. Estabeleceu-se um incessante diálogo, ao mesmo tempo amoroso e polêmico, entre ele e ela, a ideia (já disse alguém que Prometeu amava seu abutre; pode ter sido comparável a esse amor a relação de José Luís com sua morte voluntária ou sua vontade de morrer). Queria mesmo matar-se? Poderia fazê-lo? Vencidas que fossem todas as resistências da instintiva obstinação de viver, conseguiria pendurar-se numa daquelas barras que sondava a cada poucos minutos? Muito difícil, dificílimo. Talvez numa noite de tormenta, aproveitando o barulho da chuva, os estrondos dos trovões... Afastar um tanto o catre de modo que os pés perdessem o apoio não era um procedimento impraticável, mas como fazer para que as mãos desesperadas não se aferrassem às barras da janela? Muito difícil tudo aquilo. Mas talvez... se no último instante não faltasse a coragem... Que ruídos faria alguém morrendo enforcado? Primeiro era preciso fazer uma corda.

Meu amigo rasgou duas camisas em delgadas tiras. Após torcê-las, prendeu-as na perna do catre e começou a trançá-las. Ignorava que pudesse fazer uma trança tão bem feita e surpreendeu-se ao descobrir nos dedos uma habilidade que lhe pareceu congênita. Primeiro com o joelho, depois com o pé, sujeitava o catre. Trabalhou durante duas tardes, lentamente, sentado no chão e de costas para a porta, o ouvido atento ao rumor dos passos que podiam trazer aquele olho da vigia. Entrementes, conteve ou adiou com uma facilidade inusitada o desejo de fumar. Terminada a corda, escondeu-a entre as cobertas do catre e resolveu que em outro dia faria o nó corrediço. Que aconteceria se encontrassem a corda? Possuí-la foi como possuir a chave mestra da evasão. Só lhe restava ensaiar o enforcamento e esperar uma noite propícia.

Nos dias que se seguiram meu amigo fez repetidos ensaios dos atos que deviam transformá-lo num suicida cabal (também completou a corda com o nó corrediço, num entardecer chuvoso). Os exercícios tiveram resultados negativos: as pernas de alguém que deve manter-se pendurado carecem de força para empurrar um catre; um colchonete enrolado, atado com uma calça, não adquire a firmeza necessária para servir de pedestal a um homem; é tarefa demasiado árdua amarrar numa barra de ferro, com uma só mão, a ponta de uma corda que se tem no pescoço e que precisa ficar tensa. José Luís considerava, e razão não lhe faltava, que esses ensaios frustrantes tinham como vício de origem uma covardia que ele não conseguia vencer e um obscuro desejo de fracasso. E por isso continuava insistindo: talvez quando aceitasse plenamente a ideia de se converter num morto, quando já não se tratasse de um mero simulacro...

Várias noites de tormenta passaram sobre o velho quartel madrileno sem que meu amigo julgasse uma delas a noite apropriada. Houve uma especialíssima, de trovões incessantes, violentos, quase contínuos, e de ruidosa chuvarada. Duas vezes ele se ergueu do catre, a corda nas mãos trêmulas e os olhos fitos no quadrado de luz que os relâmpagos desenhavam na janela. Duas vezes voltou a deitar-se, tiritando, a respiração opressa, o coração a bater como um sino afogado. A amostra cinzenta do amanhecer (que pareceu aplacar a tormenta em suas fontes) encontrou-o imóvel, de cócoras, contemplando com uma atenção desmedida e um tanto misteriosa a gradual reaparição de manchas e inscrições nas paredes. Desde então os ensaios de seu enforcamento foram menos frequentes e mais indecisos, mas nunca deixou de pensar em matar-se e de discutir com tal ideia.

Certa manhã um dos carcereiros anunciou que seria transferido para outra seção do cárcere. Receando que descobrissem a corda, José Luís a enrolou na cintura. Pôs-se a imaginar o lugar que o esperava e considerou que lá talvez fosse mais fácil suicidar-se. Aguardou com impaciência. Depois do meio-dia vieram buscá-lo.

Era outra cela individual, um pouco mais espaçosa, bem menos sombria. Não tinha como porta uma robusta prancha de madeira, mas uma grade de dobradiças azeitadas e fechadura silenciosa. Estava também numa fila de celas de um comprido galpão, de frente para um muro branco e com aberturas no alto, por onde entrava o sol. Não tinha janelas e o teto era baixo. As paredes, recém-feitas ou pintadas, não pretendiam contar coisa alguma. Ali meu amigo, a qualquer momento, podia ver os carcereiros, que andavam de um lado para outro no largo corredor ou fumavam ou conversavam em bancos encostados no muro.

Naquele lugar não era *muito difícil* ou *quase impossível* o suicídio: era totalmente impossível, absolutamente impensável. José Luís se sentiu mais livre, aliviado, mais possuidor de si mesmo em suas lembranças. Aqui é menos perigoso ficar louco, ele pensou, aqui posso esperar melhor o que virá, mesmo que seja o fuzilamento. E pensou também que o problema já não era como pendurar-se, mas dar um sumiço na corda.

Ao cabo de poucas horas, com algum assombro e desconsertado, começou a sentir-se também mais sozinho, mais despojado, menos ele mesmo. E compreendeu que a ideia de suicidar-se, a tentação da morte (ou a morte, simplesmente) tinha sido alguém com quem falar, com quem estar, com quem buscar-se e se encontrar, com quem conviver e compartilhar: verdadeiramente, uma companheira.

Um velho homem

Era um homem velho, um homem já atraído, vencido pela morte. Não era excessivamente idoso ou portador de qualquer doença com nome, mas sentia mês a mês, semana a semana, crescer e aprofundar-se um abismo entre sua alma e as coisas que em conjunto formam a vida – aquilo que importa no dia a dia e as exigências e os vazios próprios do fato de estar vivo.

Dias iguais rodavam sobre ele e secretamente aumentavam aquele abismo, a docilidade com que a alma, habitante sem luz própria de um corpo que repetia cansados hábitos, parecia deslizar numa ladeira progressivamente lisa e nua e que a nenhum lugar a conduzia. Cada dia de seus dias indistinguíveis era mais falseado, menos um dia como os antigos, e uma misteriosa pressão o afundava mais e mais numa solidão desagregadora. Muitas vezes se sentia, ao mesmo tempo, vítima e causa final de um desabamento que abarcava o mundo inteiro, de um vastíssimo naufrágio que começava e terminava nele e não dispensava nem as mais remotas estrelas. "Me falta pouco", costumava murmurar, enquanto matava o tempo e tomava sol na avenida onde morava, num bairro humilde cheio de crianças e cercado pelo mar. Dizia isto quase com doçura.

"Envelhecer é esfriar", isto ele nunca disse, mas poderia ter dito – era um frio íntimo como um fantasma do frio que o acompanhava com a fidelidade de uma sombra. Esse frio meio clandestino tomava conta, menoscabando, de suas relações consigo mesmo e com os seres que o rodeavam, e começava a empalidecer também seu comércio com as recordações (já voltava as costas à memória, só conseguia encontrar o que havia sido em lembranças, ou lembranças de lembranças, baralhadas até a confusão por um deus perverso). Era esse, sem dúvida, o frio da solidão já à beira de ser plenamente aceita.

Como a maioria dos homens este homem vivera anos de pedir e dar-se à vida com a necessária fé, uma fé prévia, como herdada. Tinham sido anos de buscar na vida como busca o cão faminto o osso que enterrou, anos de morder a vida com a mesma sofreguidão de quem mordeu a mágica maçã do Gênesis. Agora, era como se o homem que gastara e perdera aqueles anos não tivesse sido um homem e tampouco ele mesmo, como se as horas daqueles anos, qual um sangue invisível, uma inestancável e múltipla hemorragia, tivessem escorrido de outros homens com seu rosto, usurpadores que haviam sabido, inclusive, falsificar as variantes de seu rosto no tempo. Permaneciam ou podiam permanecer, como pedras invictas no fluir assassino do rio de Heráclito, os filhos, os amigos, alguma mulher. Os filhos, que durante anos tinha sentido seus, eram já só deles mesmos, eram homens entre os homens, eram homens enredados nos labirintos de suas vidas pessoais, homens vivendo em âmbitos que eram para ele o mesmo que países de outras línguas, outras óticas, outras moedas espirituais. Quase todos os velhos amigos com os quais compartilhara, feito o pão e o vinho, os dias e as noites daquilo que alguma vez chamara "meu tempo", estavam mortos. E igualmente estavam mortas quatro ou cinco mulheres que haviam pronunciado seu nome desde a palpitação de um peito pressionado por seu próprio peito, e também aquela com quem, transbordante e tonto de amor, havia se casado numa manhã de um verão remoto. Além ou à parte de suas pálidas e adulteradas recordações biográficas, um silencioso diálogo com os mortos era para ele menos opaco do que o diálogo com os vivos, sobretudo quando, na avenida de dias ensolarados e sentado num banquinho anão, fumava sem nada ver senão a fumaça ou as lajes aos seus pés. Este homem dormia pouco e com frequência sonhava. E sonhava sempre sonhos caóticos, fragmentados, que aludiam a fatos de antigos tempos, a seres perdidos nos anos, a rostos corrompidos debaixo de lousas com nomes e datas. Nas manhãs, ao despertar e pensar no dia como um tempo para os outros e que abusivamente o envolvia, não rechaçava, antes consentia-se um singular rancor por seus sonhos, sentia o sonhado como uma agressão à unidade do seu ser, como um sujo, maldoso ataque à terra de ninguém em que parecia transformar-se, cada vez mais, sua comarca central. Quieto na cama, esperava que os sonhos se dissipassem, que as últimas ressacas do sonhado o abandonassem. Esperava às vezes muitos minutos antes de levantar-se e vestir-se e vestir ainda, como uma roupa a mais, a alma para a jornada.

    Certa manhã o velho homem despertou com maior devastação íntima e mais peso morto em seus ossos do que em outros dias. Talvez não tivesse sonhado ou, se sonhara, nenhuma notícia lhe ficara dos sonhos. Deitado de costas e imóvel, permaneceu longo tempo na cama tratando de não pensar, não recordar, não ouvir os ruídos da vida na casa nem aqueles que debilmente chegavam da rua. Sentia-se bem, em paz, naquela espécie de vazio ou de transcorrência em branco, de quase alcançada ausência. Finalmente, e só por costume, deixou a cama. Vestiu-se sem vontade. Para fazê-lo, entreabriu apenas o imprescindível postigo da janela. Como sempre, tomou café e foi para a rua. Encontrou um dia meio nublado de meados de outono, um dia que parecia gotejar a contragosto mansa luz cinzenta. Andou várias vezes da casa até a esquina, da esquina até a casa. Depois, perto da esquina, esperou com uma paciência fabricada, sustentada, o fim da manhã.

Ao meio-dia o chamaram para o almoço. Comeu em silêncio, ouvindo sem ouvir as vozes dos familiares. Não era tempo de sesta, mas decidiu sestear, abreviar a tarde na cama. Não pôde dormir. De costas e imóvel, como de manhã, ficou muito tempo tentando não pensar, não recordar, não ouvir ruído algum. Não conseguiu a paz nem a quase alcançada ausência da manhã, mas não esteve longe delas. Por fim, repetiu as manobras de sempre: levantou-se por costume e se vestiu sem vontade na penumbra. Deambulou pela casa, do pátio contemplou o céu que agora estava limpo, rejeitou com fastio as festas do cachorro, fumou dois cigarros sem nada ver senão a fumaça e foi para a rua.

Entardecia. O sol escalava as platibandas das casas baixas e se retirava em sossegada derrota nos terraços. Crianças brincavam nas calçadas, cada uma como somada a todas, e todas no mundo singular e exclusivo e sagrado das crianças. O solitário mar, no fundo da rua, estava quieto e escuro, quase negro.

O velho olhou para os meninos – entre eles um de seus netos, inseparavelmente integrado aos outros –, adiantou-se uns passos e parou antes da esquina. Ali fechou os olhos, apertando-os. E foi então que, referindo-se à morte, queixou-se em voz alta: "Como isso demora..."

O canto das sereias

Em certa noite Juan sonhou um sonho. Sonhou que ele e outros homens tinham sido condenados à morte. Os doze foram alinhados ao longo de um paredão muito alto, com as mãos atadas às costas e amarrados a postes com argolas de ferro. Juan ficou em quarto lugar a contar de sua direita. Era talvez ao amanhecer e havia uma luz quieta e sem origem, uma estranha luz esverdeada, submarina. O verdugo, armado com uma grande espada curva, começou sua tarefa pela esquerda de Juan. Com um único, repetido, preciso golpe seco ia cortando uma a uma as cabeças dos condenados. E as cabeças caiam no chão sem sangrar, às vezes richocheteavam e rolavam, mas sempre paravam em pé, bem assentadas sobre o corte do pescoço. E moviam os olhos, mais anda os lábios. A verdade é que moviam intensamente os lábios, mas nenhuma voz se ouvia, tudo acontecia num mundo sem sons, num silêncio tão estranho e submarido quanto a luz. Oito cabeças caíram. O verdugo defrontou-se com Juan e levantou a espada. Juan tremeu de medo e o medo o despertou.

A mão de Juan encontrou o interruptor da lâmpada e tirou da escuridão as paredes e o mobiliário do quarto. Estava sentado na cama, suando um suor que rapidamente esfriava.

Respirou fundo, com grande alívio, e quase sorriu. Sua mulher dormia ao lado, um tanto impessoal e com essa inocência tão sexuada com que costumam dormir as mulheres. Outra vez respirou fundo, passeando pelo quarto um olhar restaurador. Ergueu-se um pouco, pôde ver seu rosto no espelho do roupeiro e sorriu, como a se reconhecer. Depois apagou a lâmpada, apertou-se contra o corpo da mulher e voltou a dormir.

Na manhã seguinte despertou como sempre. De repente, enquanto cantarolava no chuveiro, lembrou-se do pesadelo. A lembrança o assaltou com prodigiosa nitidez, tanto mais assombrosa porque não era daqueles que são capazes de reconstituir os sonhos. Deixou de cantarolar e ficou olhando para os ladrilhos do piso, como se esperasse ver as cabeças cortadas entre os minúsculos riozinhos de água com sabão. Ao assombro se uniam, associadas, a sensação de ter sido invadido à traição por alguém, ou algo que brincava com ele, e a angústia que lhe nascia no peito e era apenas dele. Essa angústia singular perguntava (ou fazia com que se perguntasse) por que ainda se lembrava do sonho e o que diziam as cabeças que gesticulavam. Nada podia responder ou responder-se e seguia quieto, como vazio, como sem tempo próprio, vendo a água que corria com mansidão, sentindo-se vítima de um logro, e então pensou ver no movimento da água fugazes esboços de cabeças que falavam, chegou mesmo a inclinar-se e a aguçar o ouvido para escutar as vozes impossíveis... e muito lhe custou escapar desse transe.

Enquanto se vestia, prometeu-se, sem saber por que, não contar a ninguém o que acabara de acontecer. Deu um distante "até logo" à mulher e saiu de casa. Caminhando até a parada do ônibus, pensou que logo se esqueceria de tudo e poderia continuar vivendo com a despreocupada meia felicidade de sempre.

Mas passavam os dias sem que nada se apagasse da lembrança, da obsessão das cabeças caídas. E foi-se convertendo quase em dois homens. Um, aquele que vivia o cotidiano com um rosto que fingia ser o mesmo de antes. O outro, o recente, o rosto que se ensimesmava e amiúde se perdia num hermético e recorrente solilóquio. Que diziam as cabeças? Eram em verdade inaudíveis? Eram inaudíveis sempre e para todos? Não ignorava que o mundo dos sonhos é infinitamente mais vasto do que o da vigília e que um despertar pode ser um vertiginoso empobrecimento, e considerava que aquele despertar que tanto o alegrara tinha sido alguma coisa parecida com um roubo, uma burla, uma escamoteação. Se não houvesse despertado, dizia-se, o verdugo o teria decapitado, e sua cabeça, erguida aos seus pés, teria falado como as outras e ele teria ouvido sua própria voz de morto ou a voz de sua morte. E sua morte, ou melhor, a morte, desde a morte, sim, sua cabeça já na eternidade teria pronunciado, com uma boca mais sua do que nunca, os nomes e as metáforas das coisas que somente um deus, se o há, pode saber, e ele mesmo, um pobre ser feito de tempo e de interrogação de tempo, teria podido escutar (aquém ou além daquele silêncio que, sem dúvida, não era tal) as palavras daquela cabeça tão alheia e tão sua, instalada no centro mesmo das sabedorias. Sim, sim e outra vez sim: se não tivesse despertado teria as chaves de mil e um segredos... ou a chave de um solitário e severo segredo, pai de todos os segredos.

Noite a noite esperou Juan que os demiurgos de seus sonhos retomassem a história das cabeças cortadas. Uma espera inútil, o verdugo e sua espada não mais o visitaram. Sempre despertava frustrado. Um dia qualquer começou a pensar que só na morte poderia ter a continuação de sua aventura, só sendo um morto poderia apropriar-se da revelação que, com eloquência, prometera-lhe o mais tentador dos pesadelos.

Pouco importam as vacilações de seu novo solilóquio e tampouco o número dos comprimidos para dormir. Basta saber que há uma noite em que, finalmente, decide tomá-los. Nessa noite Juan se deita como em todas as noites e dorme e talvez sonha. Dorme profundamente e, em algum momento, deixa de sonhar. Já de madrugada, sua mulher vai notar que ele está muito frio e aos gritos vai saltar da cama.

A cidade silenciosa

Primeiro que todos e ainda muito jovem morreu o pobre Roger. Anos mais tarde, Luís. Depois, ambos no mesmo ano, Rodolfo e Evaristo. Depois Montiel... e assim foram morrendo meus amigos.

Cada vez éramos menos e cada vez, me parece, éramos mais amigos. Nós nos reuníamos, falávamos de infinitas coisas e, muitas vezes, lembrávamos os que tinham ido embora. Mas todas as mortes têm seu tempo: chegou a de Juan, a de López, a de Andrés.

Sobrevivíamos, por fim, Pedro e eu. Diariamente nos encontrávamos. Saíamos para tomar sol, vagávamos por ruas e praças, frequentávamos cafés. Em dias frios ou chuvosos costumávamos jogar enfastiadas partidas de bilhar. Falávamos de infinitas coisas. Com frequência falávamos só por falar, sem notar que eram palavras já mil vezes repetidas. Nossa amizade de quarenta anos tinha quarenta anos e um pouco mais, envelhecida ou aumentada pela recordação dos amigos mortos. Em certos dias, quase sempre ao entardecer, antes de nos separarmos e enquanto embromávamos diante de dois copinhos em qualquer balcão, perguntávamos um ao outro qual dos dois morreria primeiro.

Uma noite o filho menor de Pedro me telefonou. Seu pai tivera um ataque. Chovia muito e não foi fácil encontrar um táxi. Quando cheguei, Pedro já estava morto. Na tarde seguinte a chuva persistia e sabemos todos como é um cemitério nas tardes chuvosas. Recordo-me dos filhos de Pedro, pálidos, molhados, recordo-me de mim mesmo sob um guarda-chuva que um deles me emprestara. Ao sair do cemitério senti diante de mim, chegando dos dias do futuro, a solidão. Apesar da chuva, posso lembrar, caminhava com o jeito esquivo de quem se esconde numa casa vazia. A chuva, as ruas desertas, o céu cinzento, o ruído molhado dos bondes e as luzes indecisas dos postes ao anoitecer pareciam aumentar a sensação de estar só. Caminhei durante horas e, para regressar à minha casa, aos meus aposentos de solteiro, tomei deliberadamente um bonde que dava uma grande volta. Tratava de me acostumar ao fato de que todos os meus amigos estavam mortos.

Desde então, por algum tempo, minha vida coube em duas palavras que eu gostaria de escrever com traços mais grossos e tinta mais escura: solidão e aborrecimento. Recorria a cidade, vagava por ruas e praças. Só, velho, entediado. Um homem de alma empalidecida, diminuída. Um homem com todos os amigos mortos.

Um dia, num final de tarde, quando subia uma rua que parecia desenhada numa tela de fundo, me dei conta de que já não me aborrecia. Não havia me aborrecido durante todo o dia, nem na véspera, nem talvez na antevéspera. Parei, perplexo. Senti que continuava sendo eu mesmo, mas não exatamente o que sempre tinha sido. Assemelhava-me, penso eu, àquele que recordava ter sido em quatro ou cinco sonhos que inquietavam meus sonos. E notei que a cidade tampouco era a mesma. Algo sutil e total a modificava sem mudar uma só forma. Era (ou era para mim, ou me parecia) uma espécie de cópia ou desenho de minha velha cidade. Sentei-me num portal, a cismar. Percebi que o tempo era outro. Não sei exatamente como, mas era outro. Não passava, ou passava de outro modo. Não estava nos astros nem nas coisas. Era, simples e obscuramente, um tempo sem tempo que excluía o aborrecimento. E então compreendi. Sim, considerei, com neutra convicção e ainda sentado no portal: estou morto. Por certo me tinham velado e sepultado – e quem o fizera? –, mas não me dera conta de nada: enterro e decomposição são desventuras exclusivas do cadáver. Creio que me senti alegre ou ao menos aliviado. Levantei-me e recomecei a subir a rua que parecia ser sua cópia.

Minha *vida* não se alterou: só, muito só, sem ter com quem falar, vagava pela cidade sutilmente modificada. Jamais me aborrecia. Sem qualquer dificuldade me acostumei à minha semelhança com aquele que havia sido em certos sonhos.

Onde estão meus amigos, eu me perguntava. Onde se reúnem? Agora que estou morto, refletia, sou igual a eles e tenho de encontrá-los. E diariamente os procurava. Procurava sem pressa nesse tempo tão estranho, marginal. Às vezes via homens muito parecidos com Luís, Evaristo, Juan, com López, mas eles passavam ao meu lado, sérios, sem me olhar, e não me atrevia a abordá-los. Era tão estranho, seriam mesmo eles? Às vezes achava que sim, às vezes não. Infatigável, mas sem impaciência ou pressa, continuei a procurá-los.

Em certa manhã, no banco de uma praça, vi alguém que se parecia com Pedro. Aproximei-me cautelosamente e o observei: era Pedro. Estava sozinho, sério. Não olhava para ninguém. Parecia não ser Pedro, mas era, sim, era Pedro. Cheguei mais perto, parei na frente dele. Pedro me olhou, não friamente, não com esses olhares que estabelecem distâncias, mas tampouco como costumava me olhar. Por alguma razão que ignoro não pude tuteá-lo:

— Você é Pedro?

Minha voz soou falsa, rouca. Ele assentiu com um movimento de cabeça. Fiz um esforço para falar como falava antes:

— Eu sou...

— Eu sei – ele disse.

Sua voz... como dizer? Era uma voz como em desuso. Sentei-me ao lado dele. Quis conversar, mas conversar sobre o quê? Que poderia lhe dizer? E por que falar? Pedro não me olhava, continuava silencioso, sério. Era evidente que ele também nada tinha a dizer. Permanecemos sentados como dois desconhecidos durante longo tempo desse tempo que desliza como por trás de um cristal. Depois Pedro se levantou e foi embora, sem ao menos me olhar. E creio que nem sequer o vi se afastar.

Depois ainda, em ruas e praças, vi pais e filhos que se cruzavam com indiferença. Vi amantes mortos, amigos, irmãos, parentes, finados casais que tinham vivido uma vida inteira juntos... e agora ninguém parecia se conhecer.

Rotineiro e solitário, recorro sem parar a cidade. Passo ao lado de Rodolfo, de Luís, de Roger, de Juan... quase não os olho nem eles me olham, na verdade não os vejo nem eles me veem. Às vezes coincide que me encontro com Pedro na mesma praça daquela manhã. Às vezes me sento ao seu lado, outras vezes no banco vizinho. Não conversamos, não nos olhamos, não nos conhecemos. E agora sei bem o que é estar morto.

Nota biográfica

Mario Arregui nasceu em Trinidad (Uruguai), em 1917, descendente de imigrantes bascos e lombardos. Passou a infância no campo e em 1935 foi estudar em Montevidéu. Eram os anos da ditadura Gabriel Terra. Na Europa, estalava a guerra civil espanhola. Em 1937-8, engajado no movimento de ajuda à República Espanhola, começou a exercer militância política (que nos anos setenta o levaria a prisão, como a milhares de outros uruguaios) e a escrever. Nessa época, esteve no Paraguai e, mais tarde, no Brasil, Chile, Peru e também na Europa. Em Cuba, foi membro da comissão julgadora do concurso anual de literatura da Casa das Américas. Seus contos já foram traduzidos para diversos idiomas, entre eles o russo, o tcheco, o italiano e o português. Faleceu em Montevidéu, em 1985.

Obras: *Noche de San Juan y otros cuentos*, 1956; *Hombres y caballos*, 1960; *La sed y el agua*, 1964; *Líber Falco*, 1964; *Tres libros de cuentos*, 1969; *El narrador*, 1972; *La escoba de la bruja*, 1979 e *Ramos generales*, 1985.

S.F.

lepmeditores
www.lpm.com.br
o site que conta tudo

IMPRESSÃO:

PALLOTTI
GRÁFICA

Santa Maria · RS | Fone: (55) 3220.4500
www.graficapallotti.com.br